LLYFR SGRAP
MACS SION

LLYFR SGRAP MACS SION

Mari Lovgreen
(Lluniau gan Cai Tudur)

y lolfa

Argraffiad cyntaf: 2025

Dylunio: Richard Huw Pritchard
Dyluniad y clawr: Cai Tudur

Dymuna'r cyhoeddwyr gydnabod cymorth ariannol Cyngor Llyfrau Cymru.

ISBN: 978-1-80099-680-9

Cyhoeddwyd ac argraffwyd yng Nghymru gan
Y Lolfa Cyf., Talybont, Ceredigion, SY24 5HE
e-bost ylolfa@ylolfa.com
gwefan www.ylolfa.com
ffôn 01970 832 304

Diolchiadau

Diolch i'r Lolfa am y cyfle; yn enwedig i fy ngolygydd amyneddgar a hollol hyfryd, Teleri Haf (oedd wastad efo pac neu ddau o fisgedi fyny ei llawes – help mawr). Diolch yn fawr i Mali Williams a'r Cyngor Llyfrau am wirio'r testun a chael trefn ar iaith liwgar Macs Sion.

Diolch i'r arlunydd ifanc a thalentog o dref orau'r byd*, Cai Tudur, am ddod â'r llyfr yn fyw efo'i waith celf arbennig. Mae o wedi ychwanegu GYMAINT at y gyfrol; fysa Macs ddim yn Macs heb ei ddŵdls gwallgo llawn hwyl (*understood the assignment 100%*). Diolch hefyd i'r dylunydd dawnus, Richard Huw Pritchard, am roi popeth at ei gilydd.

Diolch i blant boncyrs a chreadigol Ysgol Cwm Banwy a'r Gelli am adael i fi rannu a hel syniadau efo nhw! Ac yn olaf, diolch i Betsan ac Iwan am ddeud yn blwmp ac yn blaen wrth Mam beth oedd "ddim yn ffyni o gwbwl".

*Caernarfon

I Betsan, Iwan, Ifor, Huw a Deio x

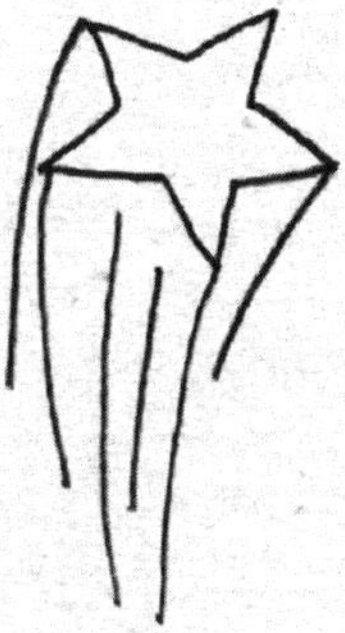

Ffeil o Ffeithiau

Enw:	Macs Sion
Oedran:	10 oed (+17 wythnos a 3 diwrnod)
Hoff fwyd:	Byrgyr + caws + LOT o sôs coch
Hoff beth:	Sôs coch
Hoff liw:	Coch
Hoff ddiod:	Sôs coch... JÔC!!! *Milkshake* mefus o McDonald's – mmmm
Hoff air:	Sôs coch
Cas bethau:	Fy chwiorydd *annoying* a stiwpid Ani ac Anabel

Diddordebau: Chwarae Roblox, gwylio YouTube, gwylltio Ani ac Anabel, dweud jôcs (am pw fel arfer), chwarae pêl-droed, mynd ar reids sgeri mewn ffair, Pokemon, Harry Potter, bwyta sôs coch a *sweets*. BYTH efo'i gilydd, *obviously*.

Dydd Llun

Roedd heddiw yn ddiwrnod MOR ffyni!!! Yn y wers mathemateg, ges i'r darn papur yma wedi pasio i fi gan Wil:

OMG Macs, dwi angen mynd i'r toilet. Dwi wedi ffartio 6 gwaith yn barod, ac mae nhw'n ofnadwy o smeli.
Help!!!!!!!!!!
Ateb fi PLIS!!!!
Wil x

Nes i edrych ar Wil ac oedd ei wyneb o'n goch fel tomato a chwys yn dripian lawr talcen fo hahaha! Dyma be nes i basio nôl iddo fo:

Oes gen ti *turtle head* eto Wil?! Hahahahaa! Jyst gofyn wrth Miss Huws os gei di fynd i'r toilet!!!!

Oedd Wil ddim yn gwybod be oedd *turtle head*, so oedd raid i fi wneud llun i ddangos...

Dyna pryd wnaeth Miss Huws weld y darnau papur yn cael eu pasio nôl a mlaen!!!! Iep. Dyma hi'n agor y darn papur efo llun fi o *turtle head* arno fo, a'i ddarllen o – o flaen y dosbarth i gyd!!!!!! Oedd hi ddim yn hapus – yn sgrechian dros bob man, fel hyn...

Ahahahaahahahaahahaaahah!!! Pen crwban?! *As if*, Miss. Mae hi bob amser yn rhoi marciau coch dros gwaith Cymraeg fi i gyd – byth ddigon da! Mae Mam o Loegr so dim bai fi ydy bod Cymraeg fi'n rong! Nes i fethu amser chwarae am weddill y diwrnod achos y busnes "pen crwban", ond oedd o werth o i weld pawb yn chwerthin! Wel... *kind of*. (Falle ddim dweud y gwir – dwi'n casau aros mewn amser chwarae efo'r athrawon i gyd yn drewi o coffi).

Jôc

Nes i weld hwyaden ffyni ar y teli ddoe...

Wnaeth hi cwacio fi fyny!!!

TEULU FI

Enw:	Ani
Oed:	3
Diddordebau:	Gwylio Cocomelon a Peppa Idiot Pig, chwarae cuddio a bod yn *annoying*
Hoff fwyd:	*Chicken nuggets* efo snot (achos mae trwyn hi fel tap)
Hoff eiriau:	*That's mine*
Be dwi'n galw hi:	*Snot face*

Enw:	Anabel
Oed:	13
Diddordebau:	Bod yn ei lloofft, bod ar y ffôn, bod yn *annoying*, cas a blin
Hoff fwyd:	Crisps
Hoff eiriau:	Dwi'n casau ti
Be dwi'n galw hi:	Pen pw (mae gwallt hi lliw pw, a bob tro mewn byn ac yn edrych fel lwmp o pw)

Enw: Dad (Bryn)

Oed: 42

Diddordebau: Gwylio pêl-droed, siarad am bêl-droed, darllen am bêl-droed a sgrechian ar y teledu bob tro mae yna gêm bêl-droed ymlaen

Hoff fwyd: Brechdan bacon, wy a sôs brown YCH

Hoff eiriau: Gôl! *Offside!!* Reff!! O CYM ON!!! (a rhegi'n rili drwg)

Be dwi'n galw fo: Mynydd (achos mai Bryn ydi enw fo, dwi'n meddwl bod hyn yn ffyni. Dydi o byth yn chwerthin)

Enw: Mam (Emma)

Oed: 38

Diddordebau: Gwylio ni mewn eisteddfod/cyngerdd, tynnu lot o luniau ar ei ffôn, crio

Hoff fwyd: Dwi ddim yn siŵr ond mae hi'n bwyta lot o pysgod a garlic dwi'n meddwl achos dwi'n gallu smelio nhw pan dwi'n gorfod cael sws

Be dwi'n galw hi: Mam (weithiau *MEANY* os dwi ddim yn cael ffordd fy hun)

Fyswn i wedi hoffi cael brawd – mawr neu bach. Wil ydi ffrind gorau fi, dwi'n meddwl, neu Jack. Ond weithiau mae nhw'n gwneud i fi deimlo dipyn bach yn drist. Rhan fwyaf o'r amser mae nhw'n ffeind ac yn hwyl. Mae Mam newydd weiddi yn dweud bod bwyd yn barod – tiwna pasta ETO!!!!!! Ych.

Dydd Mawrth

Mae ysgol ni yn *obsessed* efo Eisteddfod yr Urdd. Dwi ddim rili eisiau cystadlu, ond mae Miss Huws yn dweud bod rhaid i fi lefaru AR BEN FY HUN!!! Ond, *in other news*, yn y dawnsio gwerin, mae yna ddarn o'r ddawns lle dwi'n GAFAEL LLAW EFO LISA. Yn anffodus, dim hi ydi partner fi, ond dwi dal yn cael dawnsio efo hi am 3 eiliad yn y canol. Mae hyn yn gwneud i tu mewn bol fi deimlo'n gynnes a neis. Mae'r llefaru mor stiwpid. Cerdd am ryw aderyn yn hedfan dros Gymru.

Fyswn i'n newid o i fod am roced. Be am hwn, Mr Urdd?

Y Roced

Hedfan dros bob man,
Wam bam mam
Zoooooooooooom
Boooooooooooooom
Wooooooooooooosh!

BANG.
Roced wedi crasho.
O na!
Pawb wedi marw.
Bw hw.

Y diwedd.

LOT gwell, haha! 😜 Oedd Mam ddim yn even gwybod be oedd eisteddfod cyn i fi ddechrau ysgol. Ond mae hi'n caru fo rŵan. Haslo fi i gymryd rhan yn bob cystadleuaeth. Y teip o Mam sy'n crio yn y cyngerdd Nadolig a ffilmio fi ar ei ffôn. 😂 Crinj.

Bore Gwener

Dwi newydd ddeffro yn ganol breuddwyd rili rhyfedd. Roedd tŷ ni wedi tyfu i fod 5 gwaith yn fwy na bob tŷ arall ar y stryd. Hefyd, oedd na sleid anferth yn dod allan o ffenest llofft fi ac yn mynd syth at y llwybr i'r ysgol!!! Fyswn i'n CARU cael sleid fel yna. Dwi am wneud llun sydyn cyn i fi anghofio...

Pa mor cŵl fyse mynd ar y sleid yna bob bore i'r ysgol?! O wel, jyst breuddwyd oedd o. 😩 Well i fi drio mynd nôl i gysgu neu fydda i fel *zombie* fory. Fyswn i yn hoffi tynnu llun o fi fel *zombie* yn yr ysgol, ond mae hi'n 2.43 yn y bore so...

ZZZZZZZZZZZZZZZ

Dwi wedi dechrau mynd ychydig yn *obsessed* efo meddwl am '*Would you rathers...*' ond dwi am alw nhw'n – *DRUMROLL* PLIS:

HWN NEU LLALL?!

Cael breichiau wedi eu gwneud o golff clybs, NEU dwylo o batiau ping pong?

Bwyta dim byd ond moron am weddill bywyd ti, NEU methu stopio peswch bob 3 eiliad am byth?

Cael dim gwallt o gwbwl, NEU cael blew dros corff a gwyneb ti i gyd?

Cael ffarts yn dod o ceg ti fel byrps, NEU cael byrps yn dod o pen ôl ti fel ffarts?!

Hahahahaahaa

– oooo dwi'n enjoio rhain gormod!!

Dydd Llun

Diwrnod anodd heddiw. Wil a Jack ddim yn gadael i fi chwarae pêl-droed efo nhw. Dwi ddim yn siŵr pam. Es i i'r toilet i grio fel fod yna neb yn gweld. Pan nes i ddod allan, mae'n rhaid oedd llygaid fi'n goch achos dyma Lisa'n gofyn os o'n i'n ocê. Dwi'n rili licio Lisa. *As in*, riiiiiiiiiili licio hi. Mae hi'n caru Pokemon ac yn rili da am chwarae Minecraft.

Ges i freuddwyd *crazy* un noson, bod ni'n priodi mewn pwll nofio. Roedd o'n wirion achos roedd bob dim yn wlyb socian. Jyst cyn i fi ddeffro, oedd Lisa'n dod rownd y gornel ar y rapids yn ei ffrog briodas yn gweiddi "caru ti Macsiiiiiiiiii"! (Os fyse Wil a Jack yn gwybod am hyn bysen nhw yn chwerthin gymaint!!!) Dyna pam bod y llyfr yma yn **top secret**.

Ond dwi dal yn hoffi meddwl bydd rhywun yn darllen hwn ryw ddiwrnod. Ydi hwnna'n gwneud sens?! OK, dwi ychydig bach yn *weird*. Ond dwi'n meddwl bod pawb ychydig bach yn *weird*, jyst fod rhai pobol yn dda am guddio'r peth.

Mae breuddwydion fi mor randym. Dyma'r rhai fwyaf od dwi erioed wedi gael:

1. Byw ar y lleuad efo tîm pêl-droed Lerpwl (a Lisa)
2. Yr ysgol wedi troi yn siocled, a bob dim yn toddi yn yr haul - mmmmm
3. Traed fi wedi troi yn fananas, a mwnci mawr yn bwyta nhw
4. Adeiladu awyren o ham, a'i hedfan i'r gofod (efo Lisa)
5. Holl afonydd Cymru yn troi yn *milkshake* mefus McDonald's = IYM!

Cacennau Rice Crispies Siocled Macs

1. Toddwch 150g o siocled, 100g o fenyn a 4 llwy fwrdd o syrup mewn powlen
2. Arllwyswch 100g o rice crispies mewn i'r bowlen a cymysgu
3. Bwytewch y gymysgedd yn syth o'r bowlen efo llwy fawr heb i Mam a Dad sylwi – hahaha!

(Falle byddwch yn sic ar ôl bwyta fo i gyd a llyfu'r bowlen, ond bydd y bowlen yn handi i ddal y sic.)

Dydd Mawrth

Teimlo lot gwell. Wil a Jack wedi dweud sori am fod yn gas. Y peth fwyaf crazy wnaeth ddigwydd heddiw oedd fod yna ferch dosbarth derbyn wedi bwyta pry cop amser chwarae. Wnaeth hi ei lapio fo mewn deilen a gweiddi "Mmmmm, *spider wrap!*" ac wedyn bwyta fo i gyd mewn un gylp. Dydi hi mond yn 4 oed, druan. Gobeithio bod hi wedi cnoi'r pry cop yn iawn, a bod o ddim yn sdyc yn bol hi fel hyn-

Jôc

Pam wnaeth y bachgen daflu cloc larwm drwy'r ffenest?

I weld amser yn hedfan!

Dydd Iau

Diwrnod **ofnadwy** yn yr ysgol. Mae'r Eisteddfod Cylch Dawnsio fory, a'r Eisteddfod Cylch normal dydd Sadwrn felly mae'r ymarferion wedi bod yn *CRAZY*. Mae yna ddyn rili hen o'r enw John wedi bod yn dod i'r ysgol i helpu efo'r llefaru, ac mae o mooor *annoying*. Dydi o ddim yn stopio bwyta cnau, ac mae o'n cadw nhw yn ei boced. Mooooooor *disgusting*! Pan mae o'n gweiddi mae yna ddarnau o gnau yn hedfan i bob man, sy'n gwneud i fi deimlo'n sic.

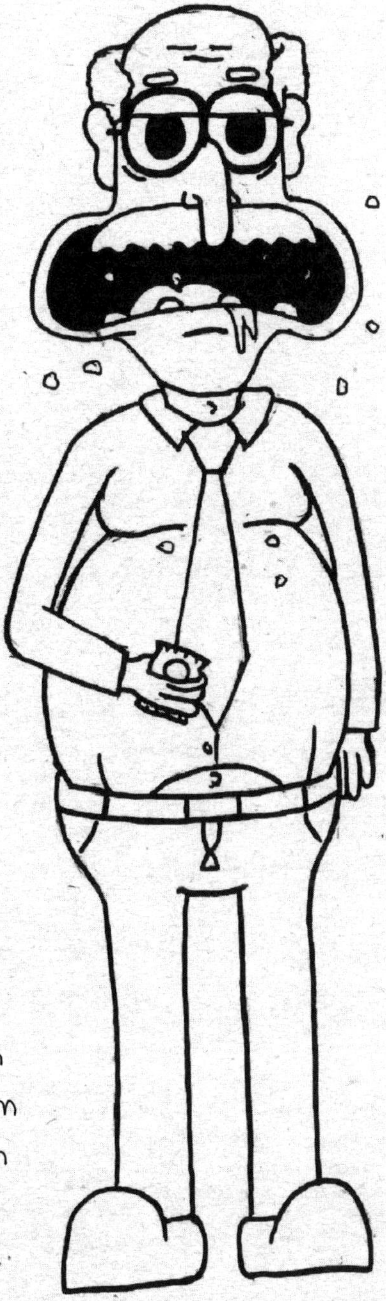

Roedd ceg Wil wedi agor gymaint pan oedd o'n llefaru oedd bits o gnau O CEG JOHN yn landio ar tafod fo!! Dyma Wil yn sgrechian "DWI'N *ALERGIC* I *PEANUTS*!!!" a wnaeth pawb chwerthin. Dim *peanuts* oedd y cnau ddo, so dyma John yn cario mlaen i fwyta a poeri nhw dros bob man. Roedd gen i bits cnau drewllyd afiach dros jympyr ysgol fi. Mochyn. Dwi am ddechrau galw fo'n Joni Soch (dim yn gwyneb fo).

Amser am **HWN NEU LLALL** arall! Be fyset ti'n dewis:

Cael hicyps am byth, NEU baglu bob 3 cam?

Cael corff llew a gwyneb pysgodyn, NEU corff pysgodyn a gwyneb llew?

Gorfod gwisgo menyg, het a sgarff drwy'r flwyddyn i'r ysgol, NEU byth gwisgo côt eto?

Bwyta bob dim yn y ffrij i swper, NEU cael dim byd i swper am wythnos?

O'r rhai yna fyswn i'n dewis-

1. Baglu (CASAU cael hicyps)
2. Corff llew (cyflym a llai drewllyd na corff pysgodyn)
3. Byth gwisgo côt (casau gwisgo côt)
4. Dim swper am wythnos (dwi'n cuddio snacs yn llofft fi dan y gwely so byswn i'n OK)

Er bod fi'n CASAU cael hicyps a clywed Mam yn dweud "OOOO Macs, *you're growing like a little mushroom*!!" BOB TRO. Cau dy geg Mam!! Dwi *yn* gwybod sut i gael gwared ohonyn nhw. Mae o'n gweithio fel *magic*! Dyma sydd angen ei wneud:

- Defnyddio eich dau fys pwyntio i binsho eich trwyn yn galed
- Defnyddio eich dau fawd i gau tyllau eich clustiau yn galed
- Cael rywun i roi cwpan o ddŵr wrth eich ceg i chi yfed yn araf am ryw 10 eiliad

Dydd Gwener

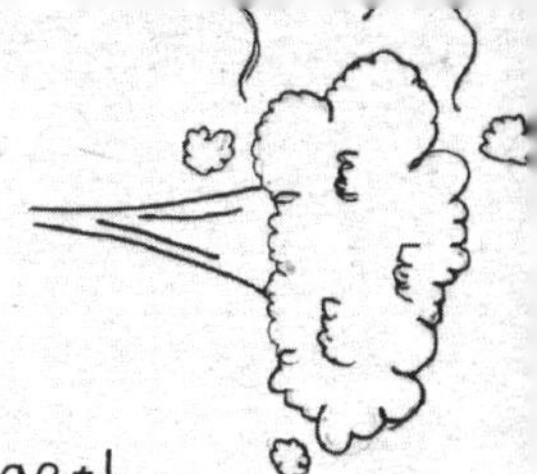

Eisteddfod Ddawns yn *crazy*!! Yn y dawnsio gwerin, wnaeth Wil ffartio'n rili uchel ac wedyn - EISTEDD AR Y LLWYFAN. O flaen pawb!!! Oedd neb yn gwybod beth i wneud, jyst cario ymlaen i ddawnsio'n *awkward*. Roedd o'n riiiiiili smeli hefyd. O'n i'n teimlo'n drist dros Anna, partner Wil. Roedd o fel bod hi'n dawnsio efo ysbryd!!! Gath Wil ddim row, oedd pawb yn ffeind iawn efo fo achos mae pawb yn gwneud camgymeriadau (ond oedd Miss Huws yn flin tu mewn – 100%). Nes i ofyn wrth Wil be oedd wedi digwydd – oedd o wedi teimlo *turtle head* eto ac oedd o ofn iddo fo ddod allan i ddweud helo. Roedd o'n chwerthin gymaint yn dweud hyn, dyma fo'n ffartio ETO so nes i weiddi arno fo i fynd i'r toilet. Pam bod o bob tro'n aros tan mae o'n teimlo pen y crwban?! Hahaha!

Ddim yn y mŵd am eisteddfod arall fory. Roedd heddiw yn ddigon. Mae'r rhagbrawf llefaru am 8 y bore hefyd so fydd angen codi'n rili cynnar. Mae gwisgo gwisg ysgol ar ddydd Sadwrn yn teimlo mor rong. Ac i wneud pethau'n waeth, mae Mam yn dweud bod raid i fi wisgo trwsus smart (anghyfforddus × 100) ac esgidiau ysgol afiach sy'n sgleinio gymaint achos mae hi wedi bod yn polisho nhw am 2 awr solid.

Dwi *no way* am adael iddi hi wneud gwallt fi yn y bore – mae hi bob tro eisiau i fi gael *side parting* fel hen ddyn mewn eisteddfod. Pam?!?!? Mae hwnna fel cerdded rownd efo sticer ar y talcen yn dweud *LOSER*.

Dydd Sadwrn

Mae eisteddfod dipyn bach yn od, dwi'n meddwl. Pam bod y rhagbrofion mor sgeri?! Pawb mor ddistaw. Wnaeth yna un mam gael row gan y beirniad am beswch!!! Nes i ddim cael llwyfan – FFIW – byth yn gorfod gwneud hwnna eto. Nes i anghofio gair yn yr ail bennill so o'n i'n gwybod fyswn i ddim yn cael dim byd. Ac mae yna blant lot gwell na fi am wneud y gwynebau ac actio. Dwi'n mynd MOR swil o flaen pobol – yn enwedig mewn ystafell fach llawn dop a pawb ofn anadlu!!! Wnaeth Mam grio hefyd. *Obviously.* Dwi ddim yn siŵr iawn pam achos dydi hi ddim yn deall Cymraeg. Wel, jyst 'diolch', 'bore da', 'cau dy geg' a 'pysgodyn mawr, os gwelwch yn dda'!

Dwi ychydig bach yn drist bod y côr heb fynd drwodd i'r Sir. O'n i'n rili meddwl byse fo, ni'n swnio'n rili da. Mae Lisa yn y côr hefyd felly dwi'n hapus. Fyswn i'n gallu edrych arni hi'n canu drwwwwwwy'r dydd. So DIM BYD o ysgol ni yn mynd i'r Eisteddfod Sir. *TRAGIC.*

Pethau DA am yr Eisteddfod	Pethau DRWG am yr Eisteddfod
Yr holl snacs yn bag Mam	Y rhagbrofion – teimlo'n sic a gorfod bod yn rili distaw (a gwrando ar yr un peth 47 gwaith)
Y caffi efo lot o gacennau	Y cystadlu – gorfod bod yn llonydd a rili distaw
Chwarae yn y coridors efo ffrindiau	Cael row am chwarae yn y coridors
Mynd ar y llwyfan pan wedi ennill	Athrawon a rhieni *STRESSED* a BLIN
Eistedd efo ffrindiau (dim rhieni)	Gwisgo gwisg ysgol drwy dydd Sadwrn
Cael *sweets* gan ffrindiau	Teimlo'n *bored*
Mam Jack yn gwario lot yn y caffi	Mam yn crio, ffilmio a dweud pethau crinj

Dwi ddim eisiau mynd i eisteddfod arall am hiiiir!! Teimlo ychydig yn sâl rwan – wedi gwneud rhestr o bob dim nes i fwyta heddiw:

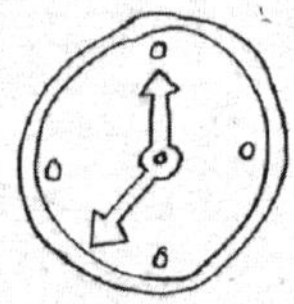

7 – Coco pops
7.15 – Banana
7.50 – Flapjack
8.30 – 6 marshmallow

9 – Crisps

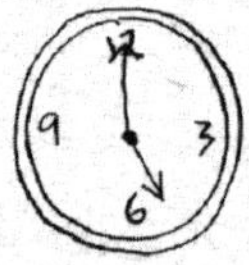

11 – Donyt
12 – Brechdan ham
12.20 – Bara brith
1 – *Sweets* gan Wil
2 – Afal (Mam yn dweud dim mwy o snacs drwg)
3 – Cacen gan Mam Jack (Mam fi ddim yn gwybod)
4 – Crisps
5 – Mwy o *sweets* gan Wil
6 – Flapjack arall (Mam wedi rhoi *give up*)
7 – Adref a cael *chicken nuggets* a chips
7.30 – Popcorn a lolipop fel treat am bod yn "Mummy's special boy at the Eisteddfod"
8 – Dwyn *onion ring* gan Dad
8.05 – Dwyn *onion ring* gan Mam
8.07 – Trio dwyn *onion ring* gan Anabel ond cael slap
9 – Iogyrt
9.10 – Dad yn rhoi lot o siocled i fi ar y soffa heb i neb weld

(Ar ben hyn dwi wedi yfed llaeth, sudd oren, 3 *fruit shoot*, lot o ddŵr, can o Fanta (mae Mam Jack mor cŵl), sgwosh piws, mwy o laeth, mwy o ddŵr a sip o cwrw Dad.)

Dydi o ddim sypreis bod fi'n teimlo'n sâl. Dwi heb gael pw heddiw chwaith, so mae'r holl fwyd yna yn mynd rownd a rownd yn bol fi. Fel peiriant golchi dillad...

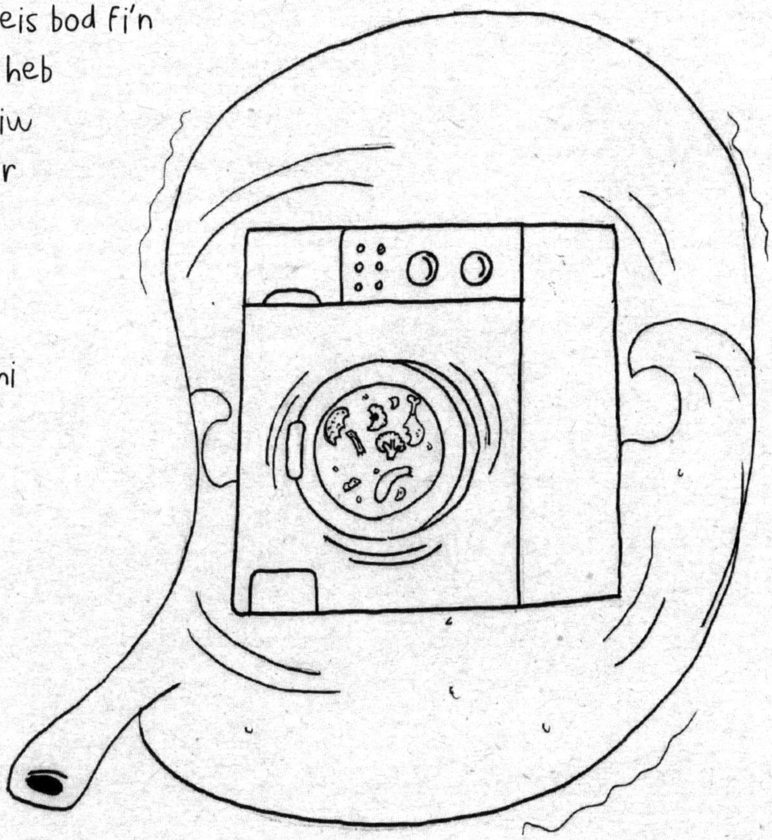

Riiiiili gobeithio fydda i ddim yn sic heno. CASAU taflu fyny. Am wneud gweddi bach,

Helo Iesu,
Plis ga i ddim bod yn sic heno.
Dwi'n addo bod yn garedig bob dydd,
a ddim bod mor farus eto,
a bwyta lot mwy o lysiau.
Amen a diolch yn fawr,
Macs Sion

Dydd Sul

NES I DDIM BOD YN SIC – *WOOOO HOOOO!* Nes i ddeffro efo poen bol mawr a mynd syth i'r toilet a cael y pw mwyaf dwi erioed wedi gweld. Roedd o bron yn edrych fel bod rhywun wedi rhoi cacen pen-blwydd *Caterpillar* lawr y toilet. O'n i'n poeni byse fo rhy fawr i fflysho, a byse angen nôl cyllell neu siswrn i drio torri fo'n llai – haha!

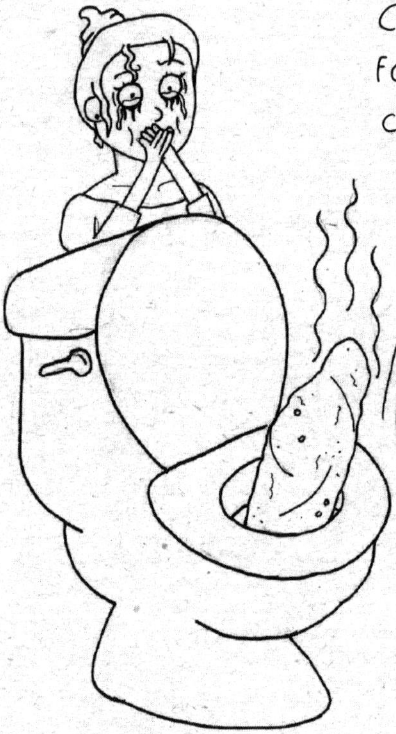

Lwcus, aeth o lawr mewn 4 fflysh.

Roedd Anabel yn cwyno bod y tŷ i gyd yn drewi fel pw ci.
O wel, sniffia fo a cria, sis!
Pw Hŵ!

Ges i freuddwyd arall am Lisa neithiwr, so dwi wedi dechrau ysgrifennu cân amdani. Dim ond 2 linell *so far*:

O Lisa ti'n ddel a tlws,
Mor flasus â *chocolate mousse**

*does yna bron dim byd yn odli efo tlws

Fydd hi byth yn cael clywed o – *no way!!!* Mae mor anodd siarad efo Lisa, heb sôn am ganu iddi hi!

15 cwestiwn randym

1. Pa un fyse'n ennill mewn ffeit – gorila neu siarc?
2. Be sydd ar ddiwedd y bydysawd?

3. Pam fod pw Dad yn drewi fel caws wedi mynd yn hen?
4. Be ydi 6789847 + 387478346?
5. Ydw i am fyw i fod yn 100 oed?
6. Ydi mwncis yn gallu jyglo?
7. Be fyse'n digwydd os fyswn i'n bwyta 37 byrgyr?
8. Ydi athrawon yn rhegi weithiau?
9. Pam fod y môr yn edrych yn las ond os ti'n rhoi o mewn cwpan mae o'n glir?
10. Fyswn i'n marw heb fwyta ffrwythau a llysiau?
11. Pa mor hir ydi'r neidr hiraf yn y byd?
12. Lle mae'r hufen iâ neisiaf yn y byd yn cael ei wneud?
13. Oes yna blentyn erioed wedi bod i'r lleuad?
14. Ydech chi'n gallu bwyta'r lleuad?
15. Pam bod hi'n bwrw glaw o hyd?

Dwi'n *boooooored*. Mae Mam a Dad wedi banio YouTube yn yr wythnos. SYDD MOR MOR *ANNOYING*. Dwi am fynd i gicio pêl yn yr ardd, a gobeithio neith snoti Ani ddim dilyn fi.

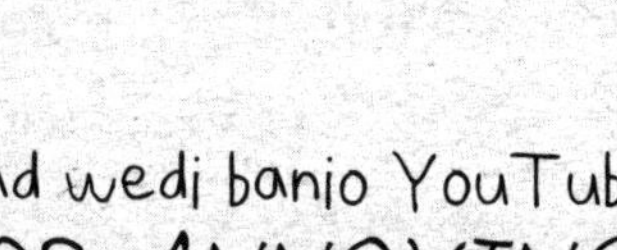

Dydd Llun

MAE YNA TRIP LLANGRANNOG CYN HIR AC MAE MAM A DAD WEDI DWEUD BOD FI'N CAEL MYND – WAHWWWWWWWW!!!!!

Rhy ecseited i ysgrifennu mwy am hwn heno! 3 noson heb Ani ac Anabel. IES!

Dydd Mawrth

Amser chwarae gwlyb heddiw so nes i benderfynu gofyn cwestiynau i ffrindiau fi i ddod i nabod nhw'n well!

Enw:	Wil
Hoff anifail:	Crwban (haha jôc, wnaeth o ddweud mwnci)
Hoff beth ar pitsa:	Pepperoni
Ti mewn 3 gair:	Gwirion, hapus, cyflym
Be wyt ti ofn:	Dim byd

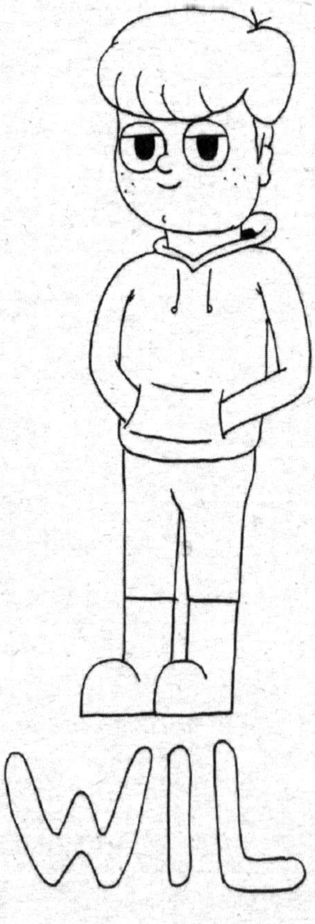

(Dwi ddim yn coelio bod Wil ddim ofn dim byd. Dwi'n cofio fo'n sgrechian yn Blwyddyn 3 pan wnaeth yna pilipala lanio ar trwyn fo ar trip ysgol – haha!)

Enw:	Jack
Hoff anifail:	Dwi ddim yn siŵr
Hoff beth ar pitsa:	Dwi ddim yn hoffi pitsa
Ti mewn 3 gair:	Jack Wyn Jones
Be wyt ti ofn:	Ti

(Roedd Jack yn bod yn boen a ddim yn ateb yn iawn.) Nes i ddim gofyn i Lisa. Ond dwi am wneud un fyny iddi hi rŵan, achos dwi'n cael gwneud unrhyw beth yn y llyfr yma.

Enw:	Lisa
Hoff anifail:	Ci brown efo llygaid glas i fod yn debyg i Macs
Hoff pitsa:	Un mawr siâp calon i rannu efo Macs
Ti mewn 3 gair:	Cariad Macs Sion
Be wyt ti ofn:	Bod yn bell o Macs

Dydd Gwener

Dwi'n cael mynd am *sleepover* i tŷ Wil fory! Dwi'n edrych ymlaen ond yn poeni ychydig bach hefyd. Dwi heb fod ar lot o *sleepovers*. Fydd hwn yn practis da cyn mynd i Llangrannog. Be os ga i freuddwyd cas? Neu be os na i gerdded yn cwsg fi a deffro rhwng Mam a Dad Wil?!?! Neu yn y shed yn cysgu ar lwmp o pw buwch?! 💩 (Mae Wil yn byw ar ffarm.) Nes i glywed am ferch oedd wedi cerdded i'r gegin yn cysgu, eistedd ar gadair, ac wedyn pi-pi (oedd hi'n meddwl bod hi ar y toilet). Dwi'n siŵr neith dim o hyn ddigwydd a fydda i'n OK. Gobeithio.

Y SLEEPOVER

Dwi eisiau cofio bob dim am y *sleepover*!! Nes i gymryd nodiadau yn ystod y dydd i fi gael ysgrifennu bob dim da wnaeth ddigwydd. Nes i ddim mynd â'r llyfr yma efo fi. NO WAY. Rhag ofn i Wil ddarllen yr holl stwff am Lisa pan o'n i'n cysgu. Fyswn i'n gorfod symud i fyw dwi'n meddwl. I'r lleuad. A byth dod nôl.

Dydd Sadwrn

11.07 Cyrraedd tŷ Wil

11.08 Sylweddoli pa mor smeli ydi ffarm

11.09 Difaru gwisgo *trainers* gwyn

11.10 Cerdded drwy'r mwd a'r pw anifeiliaid at y drws ffrynt

11.11 Tynnu fy *trainers* brown, smeli a mynd i mewn

Falle bod ysgrifennu be wnaeth ddigwydd bob munud yn ormod? A does yna ddim digon o dudalennau yn y llyfr yma! Ha!

11.10–12 Mynd i llofft Wil, chwarae Minecraft

12 Cinio. Roedd hwn ychydig yn anodd achos oedd yna lot fawr o brocoli ar y plât. Dwi ddim yn hoffi brocoli so nes i roi nhw yn poced fi pan oedd neb yn edrych

12.30 Am dro i'r ffarm. Nes i weld dafad wedi marw, oedd yn *disgusting* ac ychydig bach yn drist. O'n i ddim yn licio gweld o, ond nes i ddim dweud dim byd wrth Wil. Roedd o'n gwneud sŵn ffarts ac yn rhoi bai ar y ddafad 'di marw. Ges i fynd ar dractor mawr, ar gefn y cwad beic a rhoi bwyd i'r ci (oedd yn hoffi brocoli!!). Wnaeth y ci neidio arna fi i ddweud helo, ond oedd yna stwff brown rili smeli drosto fo – ac aeth o dros dillad fi i gyd. *Not cool*

2 Chwarae ar Nintendo Switch Wil – mae o lot gwell na fi. Mae o mor lwcus, efo lot o gêms fel Mario Carts a Fifa. Roedd Wil yn dewis bod yn Lerpwl bob tro, oedd yn gwneud fi'n flin – mae o ychydig yn *bossy* weithiau

3 Chwarae pêl-droed yn yr ardd a cael *penalty shoot out.* Wnaeth brawd mawr Wil ddod i fod yn reff achos oedd Wil yn gweiddi lot

5.30 Pitsas i swper!!!!!! Nes i fwyta gormod. Ac yfed fanta (dydi Mam ddim yn gadael i ni yfed diod *fizzy* – o'n i methu stopio byrpio!)

6.30 Gwylio ffilm yn ein pajamas (nes i bacio rhei Lerpwl fi, oedd Wil yn rili hoffi nhw). Bwyta llond powlen o popcorn, ac wedyn teimlo'n sic

8 Mynd i'r llofft a smalio cysgu ond siarad a chwarae

10 Cael row am siarad a chwarae gan Mam Wil

11.09 Cysgu (oedd Wil yn chwyrnu a ffartio ers 10.51)

Bore dydd Sul

5.07 Wil yn deffro fi efo ffart hiwj YN GWYNEB FI

5.10 *Sneakio* lawr grisiau i wylio YouTube

7 Llygaid wedi dechrau llosgi so rhoi'r teli i ffwrdd a chwarae carreg, papur, siswrn

Dyma luniau i egluro'r gêm:

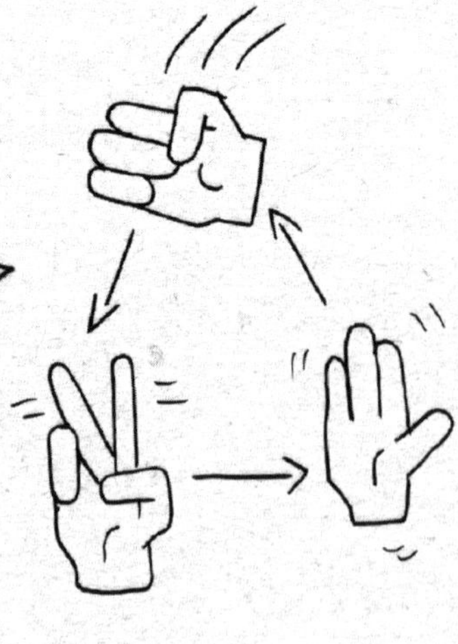

Mae carreg yn malu siswrn
Mae siswrn yn torri papur
Mae papur yn lapio rownd y garreg

Dwylo tu ôl y cefn, dweud carreg, papur, siswrn – wedyn dangos! Y sgôr oedd Wil 7, fi 2. Roedd o'n twyllo, dwi'n meddwl.

7.12 Dad Wil yn deffro a rhoi brecwast i ni. Uwd rili tew efo darnau o banana ynddo fo. AFIACH. 😨 Nes i bron roi o'n pocedi fi, fel nes i efo'r brocoli, ond nes i feddwl pa mor *messy* fyse fo. I wneud pethau'n waeth, oedd y banana wedi mynd yn hen a troi'n frown. Wnaeth Wil fwyta fo i gyd mewn 2.7 eiliad!!! Mochyn!

(Ar y pwynt yma, o'n i'n barod i fynd adref, ond oedd Dad Wil eisiau i ni helpu ar y ffarm.)

7.30 Mynd i'r sheds a cario gwellt i roi o dan y defaid. Roedd y gwellt yn drwm ac yn cosi. Dwi ddim yn gwybod sut, ond oedd yna gwellt wedi mynd lawr trwsus fi. Roedd hwnna'n rili cosi 😨

7.40 Hel hen pw o'r shed. Teimlo'n sic. Wil yn taflu darn o pw arna fi. Wil yn cael row gan Dad fo 💩

7.45 Breuddwydio bod gen i ffôn i ffonio Mam neu Dad i ddod i nôl fi. Neu gwell byth, bod yna *transporter* ar y ffarm i fi allu glanio'n syth ar soffa ni adref

7.50 Bron â dechrau crio ond rhywbeth rili cŵl yn digwydd. Roedd yna ddafad yn barod i gael oen bach, a dyma Wil yn rhoi maneg ymlaen ac yn helpu i dynnu fo allan!!! Roedd o mor *crazy* gweld yr oen bach yn cael ei eni ac yn anadlu am y tro cyntaf! Mae Wil wedi galw fo'n Macs hefyd!

8.15 Mynd nôl i'r tŷ'n teimlo'n hapus. Cael siocled poeth a gwylio mwy o YouTube

9 Mam yn dod i nôl fi. Roedd hi mewn sandals gwyn. Erbyn iddi hi gyrraedd y drws ffrynt, oedden nhw'n frown. Union fel *trainers* fi. Mae gan Mam a fi lot i ddysgu am ffermio

Pethau dwi'n casau

1. Brocoli
2. Cystadlu ar ben fy hun yn yr Eisteddfod
3. Gorfod chwarae yn y gôl
4. Amser chwarae gwlyb
5. Uwd tŷ Wil
6. Snot Ani
7. Ysgrifennu llythyr ffurfiol
8. Mynd i'r gwely cyn 9
9. Man U
10. Bananas brown
11. Peppa Idiot Pig
12. Teimlo'n sic
13. Bod yn sic
14. Smelio sic
15. Sic
16. Sôs brown
17. Gofyn am byrgyr plaen yn McDonald's, ond cael un efo sôs afiach a *bits crunchy*
18. Nofio heb gogls
19. Gwisgo côt
20. Anabel yn bangio drysau
21. Mam yn tynnu lluniau/ffilmio fi o flaen pawb
22. Tacluso
23. Ffarts (heblaw rhai fi)

Dwi *actually*'n hoffi ffarts fy hun – mae nhw'n neis! Pan dwi'n ffartio yn y gwely, dwi'n licio mynd o dan y cwilt yn syth i gael smelio fo'n iawn haha!

Dydd Llun

Wythnos i fynd tan Llangrannog!! Mae bron pawb o Blwyddyn 5 a 6 yn mynd. A Miss Huws. Dwi ddim yn meddwl bod hi'n edrych ymlaen. Mae hi'n edrych yn drist pan mae hi'n siarad am y peth.

Dwi ychydig yn nyrfys ond yn rili edrych ymlaen hefyd. Mae o'n teimlo fel bod yna pilipalas yn bol fi bob tro dwi'n meddwl am y peth, ond pilipalas hapus ydyn nhw (dwi meddwl). Dwi'n dychmygu bod nhw'n edrych fel hyn:

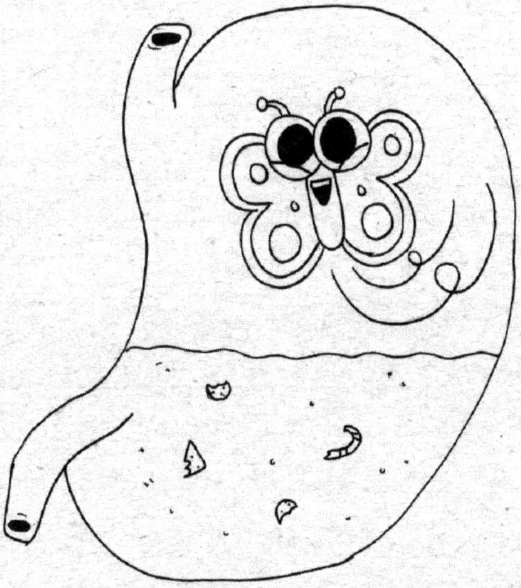

Ond pan dwi fwy nyrfys, mae o fel bod nhw'n chwarae gêm o bêl-droed, fel hyn:

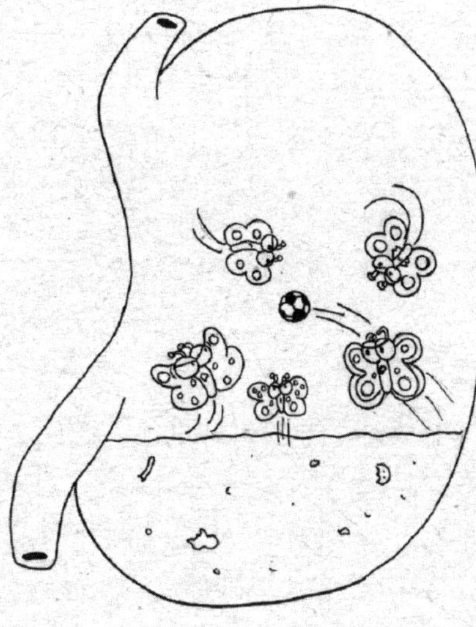

Os fyse yna pilipalas go iawn yn bol fi, fysen nhw'n dod allan efo'r pw? Sori, rhy bell.

Jôc

Be sydd yn felyn ac yn arogli fel paent glas?

Paent melyn!

Dydd Mercher

Nes i a Wil a Jack feddwl am lot o prancs ffyni heddiw! Roedd hi'n wlyb amser chwarae felly oedden ni methu mynd allan i chwarae pêl-droed. O'n i'n drist i ddechrau, ond wedyn dyma ni'n dechrau meddwl am prancs. Dyma'r rhai gorau:

Pranc ar pwy?	Y pranc
Miss Huws	Gan bod hi'n casau pryfed cop – rhoi tegan pry cop ar cadair hi.
Anabel	Dwi'n cyrraedd adref cyn Anabel ac efo digon o amser i swapio bob dim o'i llofft hi, efo bob dim yn llofft Ani. Fyse hi'n mynd yn BONCYRS efo'r HOLL deganau a cwilt Peppa Idiot Pig.
Mam	Rhoi gwaed *fake* yn y bath nes bod y dŵr i gyd yn goch tywyll. Smalio bod yna ddarn o wydr ar waelod y bath.
Lisa	(Dim syniad fi oedd hwn, ond oedd rhaid i fi chwerthin, rhag ofn iddyn nhw weld faint dwi'n licio hi.) Rhoi halen yn potel ddŵr hi a blawd yn ei bag ysgol. (Dwi ddim yn meddwl bod hyn yn ffyni – mae o jyst yn gas.)

Dydd Iau

Ges i row mawr gan Miss Huws heddiw. Nes i faglu dros goes cadair Wil pan o'n i'n cario paent, ac aeth y paent dros gwyneb Miss, a dros crys gwyn hi hefyd. Y *disaster* mwyaf oedd mai brown oedd lliw y paent. Roedd o'n edrych fel bod yna eliffant wedi gwneud pw drosti hi. Nes i ddim trio so o'n i ddim am gael row rhy fawr nes wnaeth Wil wneud i fi chwerthin. Dyma fo'n gweiddi "PWWWWWWWWW MISS, MAE YNA TOILET ROWND Y GORNEL".

Ni ddim yn cael mynd allan i chwarae am weddill yr wythnos. (Mam a Dad ddim yn gwybod – y peth olaf dwi eisiau ydi row arall.) O wel, bron yn amser am Llangrannog – dwi jyst am feddwl am y trip i wneud fi deimlo'n well.

Dydd Sadwrn

Dwi wedi dechrau pacio heddiw. Nes i wneud rhestr i helpu:

- Cit Lerpwl
- Cit Cymru
- Pajamas Lerpwl
- 2 pâr o *joggers*
- 4 trôns (dim y rhai minions)
- Sanau pêl-droed
- *Trainers*
- Welis
- Brwsh a past dannedd
- Gogls
- Shorts nofio Lerpwl

Dwi rili eisiau mynd â tedi fi, ond dwi ofn i rywun fod yn gas. Ted ydi enw fo (dim fi wnaeth feddwl am yr enw, mae o gen i ers dwi'n 0 oed). Nes i ddim mynd â fo i'r *sleepover* yn tŷ Wil, ond mae 3 noson yn amser hir. Falle na i guddio fo mewn hosan pêl-droed... Dwi eisiau mynd â'r llyfr yma efo fi hefyd, ond mae o ychydig yn *risky* y byse yna rhywun yn darllen o. Dwi jyst am fynd â llyfr nodiadau bach yn poced fi fel nes i'n tŷ Wil, i ysgrifennu pethau pwysig, rhag ofn i fi anghofio rhywbeth.

2 NOSON I FYND!

Dydd Sul

Fydda i ddim yn ysgrifennu yn hwn tan ar ôl Llangrannog rŵan. Mae'r bws yn cychwyn heddiw am 2pm. Gobeithio fydd yna le yn y cefn i fi gael eistedd efo Wil a Jack. Mae Ani ac Anabel wedi bod yn mynd ar nyrfs fi fwy na'r arfer heddiw, felly dwi wedi bod yn brysur yn gwneud poster cŵl i roi ar drws llofft fi. Pam fod chwiorydd *MOR* annoying?

BOB DIM WNAETH DDIGWYDD YN LLANGRANNOG!

Dwi ddim yn gwybod lle i ddechrau. Roedd y trip yma fel reid mewn ffair – fyny a lawr, dros bob man ac ychydig bach yn boncyrs.

Pnawn Sul

Oedd dim lle yn cefn y bws i fi eistedd efo Wil a Jack, ond nes i landio rywsut WRTH YMYL LISA. O'n i'n hanner hapus, hanner nyrfys. Dim pêl-droed oedd y pilipalas yn chwarae yn bol fi – mwy fel bocsio. Wnaeth o ddim helpu bod yna gang o gefn y bws wedi dechrau gwneud sŵn swsys a chwerthin. Dyma sut aeth y sgwrs:

Lisa: Haia!

Fi: Haia!

DISTAWRWYDD *AWKWARD* OEDD YN TEIMLO FEL AWR.

Lisa: Dwi'n teimlo'n sâl ar fws weithiau, felly dwi am wrando ar fiwsig a cau fy llygaid, sori.

Fi: O na, ie... wel... paid â poeni... ym... pob lwc.

TROI'N GOCH FEL TOMATO STIWPID A DDIM GORFFEN Y FRAWDDEG.

Pam nes i ddweud pob lwc?!? Mae o jyst yn rili anodd actio'n normal o gwmpas Lisa achos dwi'n licio hi gormod. Er bod ni heb siarad lot, oedd o dal yn neis eistedd mor agos ati hi. Mae gwallt hi'n smelio fel mefus, sydd wedi helpu fi adio dwy linell arall i'r gân:

Dy wallt sydd yn gwneud fi'n hapus
Mor felys â mêl a mefus.

Cyrraedd Llangrannog

Ges i sioc yn gweld gymaint o blant – roedd yna 6 bws i gyd, bob un o ysgolion gwahanol dros Gymru. Mae o'n *crazy* sut mae pawb yn siarad Cymraeg gwahanol i'w gilydd – mae De a Gogledd Cymru yn swnio fel 2 iaith hollol wahanol! Dwi'n meddwl bod ni'n lwcus yn y canol – rhywle rhwng y ddau. Nes i wneud tabl bach dros y 3 diwrnod o rhai o'r geiriau gwahanol am yr un peth.

DE	GOGLEDD
Lan staer	Fyny grisiau
Shwmae?	Ti'n iawn?
Fi moyn...	Dwi isho
Sai'n becso	Dwi'm yn poeni
Llaeth	Llefrith

Mae yna lot mwy hefyd. Nyts rili, o feddwl pa mor fach ydi Cymru. Roedd o reit ffyni pan oedden ni ddim yn deall ein gilydd.

Rhywun o'r De: Shwmae?
Fi: Be?
Rhywun o'r De: Shwdi boi?
Fi: (Edrych yn blanc)
Rhywun o'r De: WYT TI'N OK?
Fi: O, ydw, iawn diolch!
Rhywun o'r De: Dere 'da fi lan staer
Fi: *What the?!*

Efo help y swogs, oedden ni'n deall ein gilydd yn eithaf sydyn! Ges i'n rhoi mewn ystafell efo Wil a Jack, diolch byth!! A tri bachgen o Blwyddyn 6 – Tom, Henri a Gruff. Mae nhw'n OK, ond meddwl bod nhw'n bwysig am bod nhw'n Blwyddyn 6. Nhw wnaeth gymryd y byncs top yn syth, heb *even* gofyn i ni! Roedd yna graffiti ar waelod y bync top – dyma o'n i'n edrych arno fo cyn mynd i gysgu bob nos:

Roedd bechgyn Blwyddyn 6 eisiau cael *midnight feast* ar y noson gyntaf. Dwi fel arfer yn y gwely erbyn 8.30 pan dwi adref felly oedd aros fyny tan 12 yn anodd, os dwi'n onest. Hefyd, os fyswn i'n gwybod mai dim ond 6 crisp a dau marshmallow o'n i am gael, fyswn i wedi mynd i gysgu lot cynt.

Dydd Llun

Dyma Tom yn chwarae tric cas i ddeffro fi. Wnaeth o roi past dannedd dros llaw fi, ac wedyn dechrau cosi fi ar y boch. Nes i ddechrau crafu'r boch heb ddeffro'n iawn a cael past dannedd dros bob man. O'n i'n trio chwerthin am y peth fel pawb arall yn yr ystafell, ond oedd o ddim yn ffordd neis iawn o ddechrau'r diwrnod. 

Sut i gael Tom nôl

- Taflu ei ddillad o allan drwy'r ffenest
- Rhoi sanau budur yn ei wely
- Rwbio sebon ar ei frwsh dannedd
- Bwyta ei snacs i gyd ac wedyn bod yn sic yn ei gês

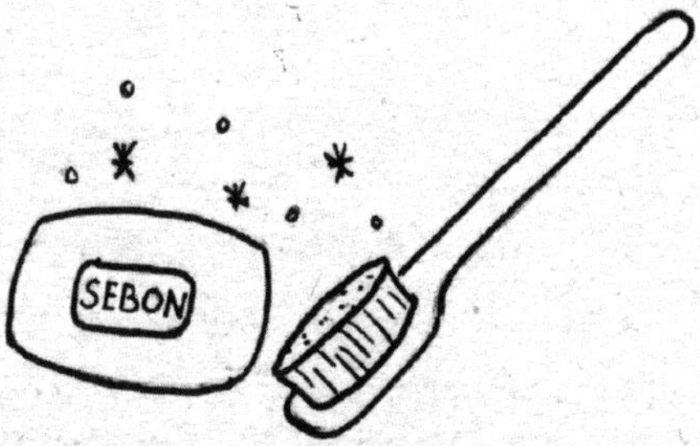

Dwi'n rhy neis (ac ofn) i wneud dim un o'r rhain. Ond mae'n teimlo'n dda ysgrifennu nhw i lawr.

Ar ôl brecwast oedd hi'n amser reidio ceffylau. Dwi wedi ffeindio rhywbeth reit *crazy* allan – DWI'N *ALERGIC* I GEFFYLAU.  Wnaeth llygaid fi chwyddo fel 2 pêl golff, oedd trwyn fi fel Ani – tap o snot, ac o'n i'n tishan dros bob man. Roedd o mor *embarrassing* achos oedd Lisa yn yr un grŵp â fi. O'n i'n edrych fel *Shrek*, ond coch, dim gwyrdd. Rhywbeth fel hyn: →

Fydd Lisa *no way* eisiau dod yn agos ata fi rŵan ar ôl gweld fi'n edrych fel hyn. 

Dyma yna swog yn mynd â fi i gael drops i'r llygaid a tablet i'r tishan, ac o'n i'n teimlo'n well wedyn (ond dal yn edrych fel Shrek). Lwcus oedd y disgo ddim nos Lun achos o'n i eisiau edrych yn dda i hwnna.

SORI OND DWI'N GORFOD SÔN AM Y DISGO RŴAN!!! Dwi wedi trio ysgrifennu bob dim mewn trefn ond mae o'n rhy anodd! Y noson olaf oedd hi. I ddechrau o'n i'n flin efo Wil, achos aeth o fyny at Lisa a dweud – "Mae Macs yn ffansio ti LOT". O'n i MOR *embarrassed*. A sut mae o *even* yn gwybod?!

Wil = ceg fawr. (Falle bod twll pen ôl o'n fawr hefyd, a dyna pam mae o'n cael *turtle heads* o hyd.)

O'n i methu aros yn flin efo Wil am hir, achos – WNAETH LISA DDOD I SIARAD EFO FI!! Roedd hi mor neis, ac yn gwenu lot. Wedyn wnaeth cân 'Hei Mr Urdd' ddod ymlaen a dyma pawb yn dechrau neidio a dawnsio, so oedd o fel bod fi a Lisa yn dawnsio efo'n gilydd. O'n i'n poeni bod bechgyn Blwyddyn 6 am weld, ond oedd pawb rhy brysur yn bownsio o gwmpas i sylwi. Dyma hi'n gafael llaw fi ar un pwynt ac o'n i'n teimlo fel toddi. Roedd o fel *electric shock* bach, ond un rili neis. Roedd y pilipalas yn bol fi fel bod nhw'n sleidio lawr enfys. *Magic*. O'n i rili eisiau rhoi sws i Lisa, ond o'n i *no way* yn ddigon dewr. Beth os fyse hi'n gwthio fi ffwrdd? Neu chwerthin? A be fyse pawb arall wedi wneud?!

Nes i gysgu mor hapus y noson olaf – methu stopio gwenu. A do, ges i freuddwyd arall am Lisa, oedd yn edrych rhywbeth fel hyn:

Dwi erioed wedi ysgrifennu gymaint mewn un go yn y llyfr yma! Mae llaw fi'n brifo so dwi am stopio am heddiw. Adios, amigos!

Dydd Gwener

Heb ysgrifennu ers lot a dal heb sôn am bob dim wnaeth ddigwydd yn Llangrannog! Dwi heb sôn am Cai eto!! Ffrind newydd sy'n dod o Lanelli. Nes i sylwi ar Cai yn syth achos bod o mewn cadair olwyn. O'n i ddim yn siŵr sut i siarad efo rhywun mewn cadair olwyn. Roedd o fel bod o'n gallu darllen meddwl fi achos dyma fo'n edrych arna fi a dweud "Dim ti fydd y person cyntaf na'r olaf i deimlo'n *awkward. Take a good look at my wheels boi!* Ti moyn fi fynd â ti am sbin?!" A dyma fo'n dechrau gwneud trics a sbins cŵl tra'n chwerthin dros y lle. Nes i ddechrau chwerthin hefyd, *and the rest*, fel mae nhw'n dweud, *is history!* Ges i gymaint o hwyl efo Cai!! Mae o mor ffyni. O'n i'n teimlo'n drist pan oedd o methu gwneud pethau fel y cwrs antur, ond oedd o bob amser yn hapus ac yn gwneud pawb i chwerthin.

Dwi am drio symio bob dim wnaeth ddigwydd fan hyn...

DARNAU GORAU	DARNAU GWAETHAF
GAFAEL YN LLAW LISA	Cael past dannedd dros gwyneb fi yn pranc cas Tom
Nofio yn y môr a gweld dolffins!!! (O'n i ddim yn gwybod bod yna dolffins yn gwlad ni!)	Y *midnight* "feast" – PATHETIC
Mynd yn ofnadwy o gyflym ar cwad beics	Bod yn *allergic* i'r ceffylau ac edrych fel Shrek coch
Dechrau dysgu sut i sgio (ond dwi ddim yn dda iawn am stopio, fel mae'r clais siâp banana ar pen ôl fi'n dangos)	Cael ein dal yn chwarae *knock doors* gan y swogs a cael row fawr (bai bechgyn Blwyddyn 6)
Gwneud ffrindiau o bob man – yn enwedig Cai. Ni am fod yn pen pals.	Y *sheperds pie* llwyd. Dydi sheperds pie rili ddim i fod yn llwyd.

Nes i roi cwestiynau i Cai ar ddarn o bapur i fi gael dod i nabod o'n well. Dyma wnaeth o ysgrifennu:

Enw:	Cai Rees Jones
Oed:	11
Pwy ti'n ffansio:	Mam ti
Hoff fwyd:	Donyts
Cas fwyd:	*Sheperds pie* llwyd gyda blewyn hir gwyn ynddo fe
Hoff air:	Daiaria
Cas air:	Cwtsh
Ti mewn 3 gair:	Rili, rili doniol
Beth wyt ti ofn:	Mam ti

Dwi ddim yn siŵr pam oedd o'n sôn am Mam gymaint – dydi o erioed wedi cyfarfod hi! Dydi hi ddim yn sgeri a dwi ddim yn meddwl byse Cai yn ffansio hi chwaith. Dim bod yn gas am Mam, mae hi'n edrych yn ifanc am 38. Mae hi'n edrych fwy fel 35. Ond dal lot rhy hen i Cai. Nes i ddweud wrth Cai fyswn i'n ysgrifennu ato fo'n fuan. Dwi'n gwybod bod o'n haws gyrru e-bost, ond mae'n fwy cŵl cael rhywbeth yn y post. Fory amdani, wedi blino rŵan.

Dydd Sadwrn

Gorfod mynd i siopa bwyd efo Dad heddiw. Mooooor boring. Mae o'n cymryd ages a dydi o ddim yn gadael i ni daflu *treats* i'r troli, fel Mam. Mae o'n fwy strict. Dwi'n casau gweld yr holl bethau fyswn i'n hoffi rhoi yn y troli, ond gorfod cerdded heibio nhw i gyd. Gobeithio fydda i'n gwneud lot o arian pan fydda i'n oedolyn i fi allu llenwi'r troli efo unrhyw beth dwi eisiau.

Rhestr siopa Macs
Y Flwyddyn – 2045 (30 oed)

- Popcorn
- Stwff i wneud *hot dogs*
- Crisps
- *Sweets*
- Candi fflos
- Lolipops
- Hufen Iâ
- Jeli
- Donyts
- Cacen pen-blwydd (hyd yn oed os oes neb yn cael pen-blwydd)
- Pitsas maint olwyn car
- *Chewing* gyms
- Crympets
- *Nutella* (y jar sydd maint pen fi)
- Fanta – DIM FRUIT SHOOTS
- Bisgedi
- Unrhyw beth dwi eisiau o'r lle dillad / teganau a technoleg

Falle gwell rhoi rhywbeth iach ar y rhestr...

- Mefus
- Llaeth

Perffaith! Dwi methu aros i fod yn oedolyn i beidio gorfod gwrando ar neb. Dim gwaith ysgol, dim gorfod tacluso llofft a bwyta llysiau. Cael gwylio YouTube drwy'r dydd. Byw efo Lisa, gobeithio...

Dim byd cyffrous iawn wedi digwydd heddiw. Cael gwylio ffilm yn reit hwyr a bwyta pitsa ar y soffa am bod hi'n nos Sadwrn. (Dim bwyta pitsa off yr *actual* soffa, oedd o ar blât). Wnaeth o gymryd 47 munud i ni gyd gytuno ar ffilm. Mae hyn yn digwydd BOB TRO.

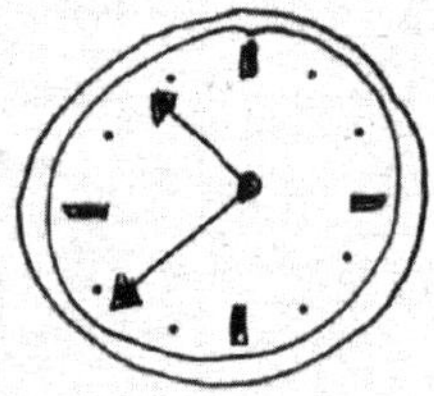

Mynd i drio cysgu rŵan – 10.37pm

* * * * *

Dydd Sul

Diwrnod boring arall. PAM BOD HI'N GLAWIO O HYD?!

Mae glaw mor stiwpid ac *annoying* (fel Anabel ac Ani ha!). Fyse cael cwch yn fwy handi na car weithiau...

Fi yn troi fyny i'r ysgol fory mewn cwch:

Un peth da am y glaw ydi bod Mam a Dad yn gadael i ni gael lot mwy o amser ar sgrin. Heddiw nes i chwarae gemau cyfrifiadur am 2 awr, gwylio YouTube am 3 awr a gwylio 2 ffilm. Mae llygaid fi'n teimlo ychydig bach yn od. Ond dydyn nhw heb droi'n sgwâr, fel mae Dad yn dweud sy'n digwydd os na i edrych ar sgrin gormod. Dwi ddim yn meddwl bod hyn yn wir. Falle byse llygaid sgwâr yn edrych yn cŵl anyway?

OK falle ddim. Nos da.

Jôc

Pa fath o gath sy'n hoffi byw yn y môr?

Octo-pws!

Dydd Mercher

Heb ysgrifennu ers y penwythnos. Dwi ychydig yn drist. Mae hoffi rywun gymaint â dwi'n hoffi Lisa yn gallu bod mor anodd. Mae o'n acshyli brifo. Dwi'n flin efo fy hun am fod rhy swil i actio'n normal efo hi. Mae raid i fi drio siarad efo hi a dod i nabod hi'n well. Ydi hi wedi meddwl am y disgo'n Llangrannog o gwbl ers i ni ddod nôl? Falle oedd y dawnsio a gafael llaw ddim yn *big deal* iddi hi. Dwi AM siarad efo hi fory. *Wish me luck.*

I wneud fy hun deimlo'n well, dwi am ysgrifennu llythyr at Cai, fy *penpal* newydd. Rili gobeithio wneith o ysgrifennu'n ôl.

Haia Cai,

Macs sydd yma. Sut wyt ti? Dwi wedi bod ychydig yn *bored* ers dod nôl o Llangrannog, dweud y gwir. Be wyt ti wedi bod yn wneud? Dwi ddim yn meddwl bod fi'n dda iawn am ysgrifennu llythyr. Dwi ddim yn gwybod be i ysgrifennu. Nes di ddweud bod ti'n caru mathemateg felly dyma cwis bach i ti:

1. 127 + 130 = ______
2. 6 × 9 = ______
3. 12 % 4 = ______
4. 675 – 123 = ______
5. 1287234787239 + 72134672864 = ______

Dim cyfrifiannell, cofia! Haha!

Dwi eisiau rhannu rhywbeth efo ti, ond plis paid â dweud wrth neb. Ti'n cofio Lisa o ysgol ni? Dwi'n rili licio hi ond dwi ddim yn gwybod be i wneud am y peth. Yn Llangrannog nes i dawnsio efo hi yn y disgo ac wnaeth hi gafael yn llaw fi. Ni heb rili siarad ers dod nôl. Dwi byth yn gwybod be i ddweud wrthi hi. HELP! Dwi'n trystio ti efo hyn – a haws dweud y pethau yma wrth rywun sy'n byw mor bell i ffwrdd!

Wyt ti wedi bod yn gwneud rhywbeth yn yr Eisteddfod? Mae ysgol ni'n rybish – DIM BYD wedi mynd drwodd i'r Sir. Dwi reit hapus achos dwi ddim yn ffan mawr o'r cystadlu (er oedd canu yn y côr efo Lisa yn neis).

Mae yna un peth arall dwi wedi bod eisiau gofyn hefyd. O'n i rili eisiau siarad efo ti am hyn yn Llangrannog ond o'n i ofn ypsetio ti. Dwi wedi bod yn meddwl ers y trip bod ffrindiau fod i allu siarad am bob dim. Pam wyt ti mewn cadair olwyn? Ges di dy eni fel yna? Sori os ti'n meddwl bod hyn yn fusneslyd. Ti ddim yn gorfod ateb y cwestiynau yma O GWBWL - OK?

Dwi am orffen efo un cwestiwn arall (a'r un mwyaf pwysig) – pa un ydi'r gorau – mwnci yn jyglo peli tân, neu jiraff yn chwarae pêl-droed?

Plis gyrra llythyr yn ôl i fi!!!

Macs

P.S Mae Mam yn dweud helo! Haha!

Dydd Iau

Nes i siarad ychydig bach efo Lisa!! Wnaeth hi golli potel ddŵr ar lawr, so nes i godi fo a dweud "Dyma potel ddŵr ti". Dwi'n gwybod bod o ddim yn lot ond mae o'n well na dim byd. Roedd o werth o achos dyma hi'n gwenu a dweud diolch (a wnaeth dwylo ni gyffwrdd dipyn bach = *electric shock* bach neis eto). Mae llythyr Cai wedi mynd yn y post so gobeithio ga i tips cyn hir. Roedd o'n siarad lot efo merched yn Llangrannog a bob tro'n gwneud iddyn nhw chwerthin.

Nes i sgorio 6 gôl amser cinio heddiw – record. Oedd Wil ddim yn hapus – cwyno bod fi'n twyllo. Nes i alw fo'n *bad loser* a dyma fo'n taflu'r bêl at gwyneb fi'n galed.  Gath o row mawr gan Mr Parry. Athro Blwyddyn 3 ydi Mr Parry ac mae o bob tro'n gwisgo'n reit od...

Mae'r mwstash yn gwneud iddo fo edrych yn rili hen, ond dwi'n meddwl mai 31 oed ydi o. Pan mae o'n rhoi row mae o'n SGRECHIAN GWEIDDI ac mae ei freichiau'n mynd i bob man, fel melin wynt *crazy*. O'n i'n teimlo ychydig yn sori dros Wil.

WIL, DYDAN NI DDIM YN TAFLU PELI AT NEB YN YR YSGOL.
WYT TI'N DEALL, FACHGEN?!?!?!?!?!?!?!?!?!!?

Cŵl *down* Mr Parry. Nes i smalio bod yn Mr Parry ar y ffordd nôl i'r dosbarth, i drio gwneud Wil yn hapus.

Yn anffodus i fi, wnaeth Mr Parry weld a clywed BOB DIM. Aeth o'n *NYTS*. Roedd ei goesau fo'n fflapio i bob man hefyd, dim jyst y breichiau.

WYT TI'N GWNEUD HWYL AM FY MHEN I, MACS?!
WIL PAID Â MEIDDIO CHWERTHIN!!!
RYDYCH CHI AM DDIFARU HYN, FECHGYN!!!

Lwcus i ni, dyma'r gloch yn canu ac oedd rhaid i Mr Parry gael trefn ar bawb. Nes i ddim gweld o am weddill y diwrnod - FFIW. Gobeithio fydd o wedi anghofio am y peth erbyn fory.

Dydd Gwener

Diwrnod *horrible.* 😨 Oedd Mr Parry heb anghofio. Roedd raid i fi a Wil fynd i ystafell Y Pennaeth. Dwi heb fod yna ers i fi daflu tomato at Amy yn Blwyddyn 2. Dwi'n meddwl bod Mrs Morgan yn edrych fel llygoden fach (dim mewn ffordd gas). Mae hi'n *TINY. As in*, dwi a Wil lot talach na hi. Dydi hi byth yn gweiddi, ond mae hi dal yn gallu bod yn riiiiiili sgeri. Sibrwd pa mor siomedig ydi hi a gwneud llygaid hi'n fach fach fel dau *slit*. O'n i'n poeni bod Wil am ddechrau chwerthin (neu ffartio, nabod fo), ond wnaeth o ddim diolch byth.

Roedd raid i ni ysgrifennu yr un brawddeg drosodd a drosodd a drosodd a drosodd a drosodd drwwwwwwwy amser cinio – dyma oedd un fi:

> Mae hi'n anghwrtais a digywilydd i ddynwared athrawon.

A dyma un Wil:

> Ni ddylai plant daflu pêl at wynebau plant eraill.

Nes i ysgrifennu brawddeg fi 207 o weithiau, a Wil dim ond 89. Mae o'n araf fel malwen (dim bod malwen yn gallu ysgrifennu). Roedd llaw fi'n rili brifo erbyn y diwedd.

Pam bod ysgol mor rybish? A pam bod athrawon mor siriys a blin? Os fyswn i *in charge* fyse ysgol yn mynd fel hyn:

10	Cyrraedd yr ysgol a cicio pêl
10.30	Gwers celf – peintio beth bynnag ni eisiau
11.30	Cinio – byrgyr, caws, chips a LOT o sôs coch, cacen siocled i bwdin
12	Amser chwarae rili hir – 6 gêm o bêl-droed
1	Gwers ymarfer corff – rownderi ar y cae
2	Gwers cerdd - gorwedd ar *bean bag* yn yr ystafell ddarllen yn gwrando ar miwsig cŵl
3	Miss Huws yn darllen llyfr ffyni i'r dosbarth
3.15	Mynd adref

A dim gorfod gwisgo gwisg ysgol chwaith. Fyswn i'n gwisgo cit Lerpwl i'r ysgol dydd Llun-Mercher, a cit Cymru dydd Iau-Gwener. Am fynd i gwely rŵan, a gobeithio breuddwydio am yr ysgol berffaith yma (a Lisa).

Dwi'n caru *DARES!* Dwi wedi meddwl am rai da i chwarae yn yr ysgol!

* Swopio esgidiau am y diwrnod! Os ydech chi'n ferch, swop efo bachgen, a bachgen swop efo merch
* Gwisgo eich siwmper *inside out*. Os ydi Miss Huws yn dweud rhywbeth, ateb hi fel hyn "Dwi'n hoffi fo fel yma, Miss"
* Peswch yn uchel bob tro mae Miss Huws yn dweud enw plentyn
* Gofyn am fynd i'r toilet ac wedyn cropian allan o'r dosbarth

* Mynd at Mr Parry a dweud "Newch chi wylio fi'n dawnsio plis?" ac wedyn dechrau dawnsio yn *crazy*
* Rhoi y pwdin ar ben eich cinio a'i gymysgu i gyd efo'i gilydd cyn ei fwyta
* Gwneud sŵn ffart rili uchel yn y dosbarth, wedyn dweud sori a gofyn "Ga i fynd i'r toilet plis Miss? *IT'S AN EMERGENCY!*"
* Peidio siarad drwy wers gyfan
* Gwisgo eich sanau ar eich dwylo fel menyg amser chwarae
* Rhoi sws ar boch y plentyn chi fwyaf eisiau priodi
* Ysgrifennu'r gair 'talcen' ar eich talcen efo beiro ddu

Fyse hyn yn gymaint o hwyl!!! Dwi ddim am fynd â'r *DARES* i'r ysgol ddo, achos dwi rili ddim eisiau gwneud dim un ohonyn nhw! A dwi ddim eisiau row arall am amser hiiiiiir.

PENWYTHNOS – WOO HOOO!

Training pêl-droed wedi canslo ETO achos glaw.
Mynd yn boring rŵan. Weithiau dwi'n meddwl pa mor neis fyse symud i fyw i wlad braf, fel Awstralia...

Cymru

Pethau da	Pethau drwg
Mynyddoedd	Glaw
Cestyll	Oer
Ffrindiau a teulu	Smel pw dafad pan yn dreifio yn y wlad
Gwlad rili gwyrdd	Rhagbrofion eisteddfod
Llangrannog	Anodd deall pawb yn siarad (De / Gogledd)

Awstralia

Pethau da	Pethau drwg
Haul	Nadolig ar lan y môr – *weird*
Syrffio	Pryfed mawr a nadroedd
Lot o barbeciws	Gorfod gwisgo eli haul bob dydd
Cangarŵs a Coalas	Pell iawn iawn iawn iawn o Gymru
Mynd i lan y môr bob dydd	Neb bron yn siarad Cymraeg

Ie, falle bod Cymru ddim rhy ddrwg. A baner ni ydi'r un gorau yn y byd i gyd – FFAITH!

Does dim baner arall yn dod yn AGOS! Dwi mor bored, dwi am ofyn i Mam os geith Wil ddod am *sleepover*. Laters.

Nos Sul

Wnaeth Wil ddod i aros ond oedd o ddim yn lot o hwyl. Dwi heb gysgu BRON DIM. Roedd o wedi dod â llwyth o *sweets* efo fo, oedd yn dda, ond wnaeth o fwyta LOT gormod ohonyn nhw. Dwi'n meddwl mai'r holl sweets oedd wedi gwneud o mor boncyrs (hyd yn oed mwy boncyrs na'r arfer). Dim jyst fi oedd wedi cael llond bol ohono fo, ond pawb yn teulu fi. Dwi ddim yn meddwl geith o aros yma byth eto.

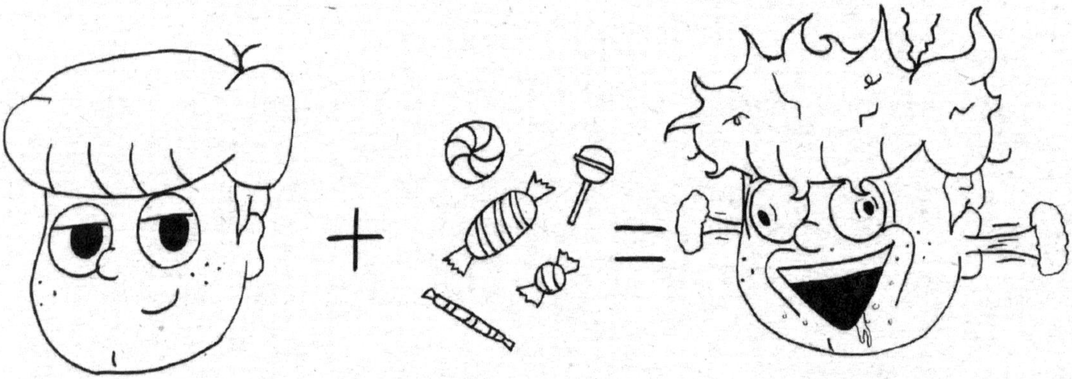

O'n i'n meddwl bod o'n cysgu (*FINALLY*) am 11.07 ond dyma fi'n teimlo bys gwlyb yn clust fi. Wnaeth hwnna tipio fi dros yr *edge* a nes i sgrechian (a deffro pawb yn y tŷ). Dyma Mam yn rhedeg mewn i'r ystafell yn edrych fel cavewoman a gweiddi -

"WHAT'S GOING ON IN HERE?!?!?"

Ac wedyn oedd Ani wedi dod drwy'r drws a neidio ar gefn Mam a gwneud iddi sgrechian. Roedd Wil yn meddwl bod hyn i gyd yn ofnadwy o ffyni, am ryw reswm. Mae Ani fel arfer yn cysgu am 7 so oedd o'n rili od gweld hi am 11.08. *Disaster.*

Wedi blino gormod i ysgrifennu dim mwy. Mynd i gwely (6.54pm).

Dydd Llun

Dod adref o'r ysgol a gweld llythyr i fi ar y bwrdd!!!! Mae Cai wedi ysgrifennu nôl!!!

Shwmae Macs (a Mam ti – haha)

Da cael llythyr gen ti, boi! Fi'n OK diolch. Dim byd mawr wedi digwydd ers dod adref. Ond digon am fi – beth amdanot ti... A LISA?!!? Nes i ddim sylweddoli bod ti mor *soppy* – haha! Fi'n falch bod ti wedi gofyn am help – fi'n gwd 'da pethe fel hyn. Beth ti angen gwneud yw jyst siarad gyda hi – am unrhyw beth – y tywydd *even*!! Ac wedyn dweud rhywbeth neis am llygaid hi – mae merched yn caru *compliments*. Ac wedyn – BOOM – dweud jôc ffyni. Bydd hi *all over* ti wedyn, gei di weld.

Dyma jôc i ti – Beth wyt ti'n galw mecanic o'r Eidal? Ifano Ditorri (ma fe'n swndo fel "ei fan e 'di torri") – *get it*?! Ma rhaid i ti ddweud e mewn acen Eidaleg ddo. Fydd e ddim yn ffyni fel arall). Pob lwc a paid â meso fe lan!

Hei, fi'n falch bod ti wedi gallu gofyn am y gadair... Fi'n casau pan mae pobol yn edrych arna i, a gwneud gwyneb rili trist a ddim yn jyst gofyn y blwmin cwestiwn!! So da iawn ti am fod yn ddewr. Wel dewr-ish – wnaeth e mond cymryd 2 wythnos i ti. Nes i ddim cael fy ngeni fel hyn – (*visions* o fabi yn cael ei eni yn eistedd mewn cadair olwyn – haha!). Nes i gwympo o wal reit uchel pan yn 5 oed, a glanio ar fy nghefn. Wedi bod yn y gadair byth ers hynny. Roedd raid i fi aros yn yr ysbyty am 6 mis. Fi ddim yn cofio lot am yr amser yna os dwi'n onest. *Apparently* os bydden i wedi glanio ar fy mhen bydden i ddim yn fyw heddi. So fi'n dewis teimlo'n lwcus!! Er, mae sawl un wedi dweud mae'n rhaid bod y pen wedi cael noc hefyd a mai 'na pam fi mor boncyrs ha!!

Reit, y cwestiynau nawr – *EASY PEASY!*

1. 127 + 130 = 257
2. 6 x 9 = 54
3. 12 % 4 = 3
4. 675 – 123 = 552
5. 1287234787239 + 72134672864 = Mam ti

Ac i ateb y cwestiwn olaf, byse jiraff yn chwarae pêl-droed lot fwy cŵl na mwnci yn jyglo peli tân (amhosib heb losgi, felly bach yn greulon ar y mwnci). Y cwestiwn i ti yw ble fyse'r jiraff yn chwarae ar y cae? Ymosod ar y blân a sgorio goliau, neu yn y gôl falle?! A hefyd, o ble wyt ti'n mynd i gael *shin pads* a bŵts i jiraff?!

Ysgrifenna nôl plis boi,

Cai

P.S Cofio'r *sheperds pie* llwyd? Hahaahaa!

Sheperds pie gwaetha'r byd!! Mae Cai yn gwneud i fi chwerthin gymaint. Dwi'n falch nes i ofyn iddo am Lisa a'r gadair olwyn. Druan o Cai. Alla i jyst ddim dychmygu rhywbeth fel yna yn digwydd. Os ydi Cai wedi bod mor ddewr â hyn, alla i fod yn ddigon dewr i siarad efo Lisa fory. Dwi ddim am ysgrifennu llythyr nôl heno, wedi blino gormod (wedi gorfod ysgrifennu erthygl bapur newydd yn ysgol heddiw ac mae llaw fi dal yn brifo). MOR BORING.

Wedi meddwl am fwy o...

HWN NEU LLALL

Gallu pi-pi sudd oren, NEU pw hufen iâ siocled?

Cael llaw yn tyfu allan o talcen ti, NEU bod efo 4 coes?

Cysgu ar lawr bob nos, NEU byth ymolchi eto?

Colli dannedd top ti i gyd, NEU cael dannedd ecstra'n tyfu ar tafod ti?

Cael fish fingers yn lle bysedd, NEU blocs o gaws yn lle traed?

Dydd Iau

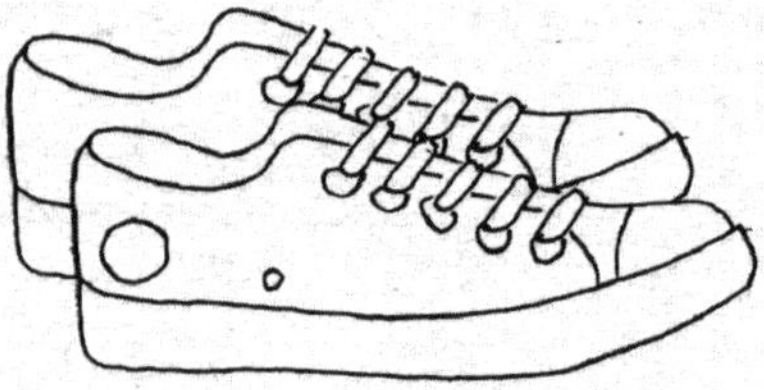

Wedi siarad efo Lisa heddiw a oedd o ddim yn rhy ddrwg!!! Oedd genna i ddim gyts i ddweud rhywbeth am llygaid hi so nes i ddweud bod fi'n hoffi *trainers* hi. Wnaeth hi wenu lot oedd yn neis. Ac wedyn nes i drio dweud jôc Cai am y mecanic o'r Eidal ond oedd hi ddim yn deall o. Falle nes i ddweud o'n rong? Ond wnaeth hi chwerthin yn y diwedd – diolch byth!

Dad wedi gwneud y swper mwyaf afiach heno. Gwaeth na'r *sheperds pie* llwyd efo blewyn yn Llangrannog. Dwi'n meddwl mai cawl oedd o fod, ond oedd o jyst fel dŵr poeth efo bits o llysiau'n fflôtio ynddo fo. Blasu fel snot. O'n i *no way* am allu bwyta fo (na rhoi o'n poced fi) so nes i tywallt o fewn i pot planhigyn pan oedd neb yn edrych. *Genius*. Dwi'n rili llwglyd rŵan, ddo. Wedi chwilio'n bob man yn llofft fi am snacs, ond mond hen banana brown nes i ffeindio (yn bag ymarfer corff fi – AFIACH).

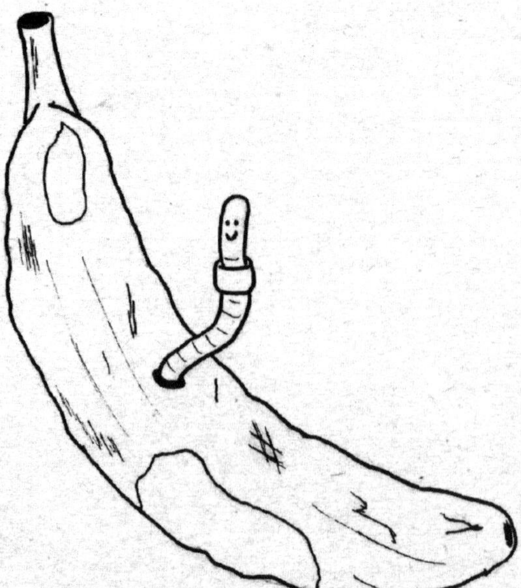

50 PETH DWI EISIAU GWNEUD CYN MARW

1. Rhoi sws i Lisa
2. Cael *arm wrestle* efo gorila
3. Neidio allan o awyren (efo parasiŵt)

4. Nofio efo siarcod
5. Mynd mewn roced
6. Chwarae pêl-droed i Lerpwl
7. Dringo fyny'r Wyddfa
8. Dringo fyny Everest
9. Mynd ar wyliau sgio (eira go iawn)
10. Prynu *trainers Adidas Originals ADI 2000*
11. Priodi Lisa
12. Gweithio yn New York neu Japan
13. Cerdded fyny folcano
14. Mynd drwy *drive through* McDonald's ar gefn ceffyl
15. Cael '*Yesday*'

16. Prynu parot a dysgu fo i siarad
17. Mynd ar bob reid yn *Alton Towers* heb ciwio
18. Mynd i Disneyland (America dim Paris)
19. Gwneud jig-so 500000000000 darn
20. Dysgu pysgota
21. Dysgu siarad Sbaeneg

22. Creu gêm cyfrifiadur
23. Coginio *lasagne* ar ben fy hun
24. Nofio yn y môr yn y nos
25. Dysgu chwarae gitâr
26. Dysgu chwarae dryms
27. Bod yn enwog am rywbeth
28. Gwylio 4 ffilm syth ar ôl ei gilydd yn y sinema
29. Campio mewn anialwch
30. Reidio beic modur
31. Cael pw ar awyren

32. Dysgu 100 jôc
33. Bwyta 100 crempog ar dydd Mawrth crempog
34. Jyglo tân
35. Ice skate-io yn *Winter Wonderland*
36. Mynd ar sleid dŵr mwya'r byd
37. Cael plant efo Lisa
38. Prynu tŷ efo sleid yn dod o'r llofft i'r stryd
39. Cael tatŵ o logo Lerpwl

40. Cael *mullet*
41. Cael *midnight feast* da (dim fel Llangrannog)
42. Dreifio Tesla
43. Hedfan awyren
44. Mynd ar *zipline* mwya'r byd
45. Mynd ar wyliau i'r blaned Mawrth
46. Cael gwely *superking size* fel Mam a Dad
47. Prynu peiriant gwneud *milkshakes*
48. Bwyta donyts i frecwast, cinio a swper
49. Byw efo Siôn Corn yn Gwlad yr Iâ
50. Ennill Cân i Gymru (efo cân fi am Lisa)

Dydd Gwener

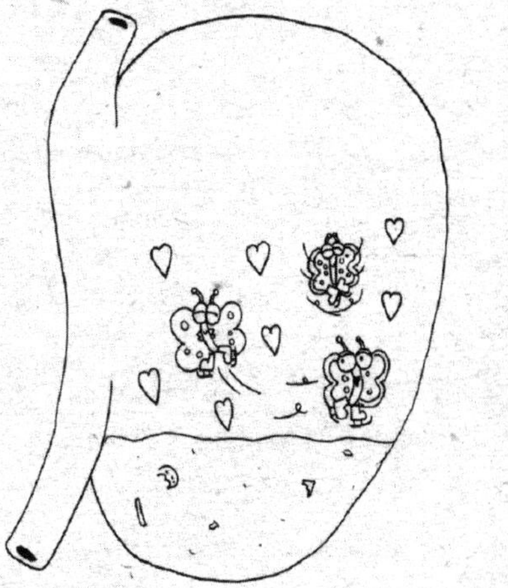

LISA WEDI DEWIS EISTEDD WRTH YMYL FI AMSER CINIO HEDDIW!!! Roedd Wil a Jack yn bod yn *boen* ond o'n i ddim yn poeni. Roedd hi'n gwenu arna fi lot ac yn siarad mwy na'r arfer. O'n i ddim yn teimlo mor nyrfys chwaith. *Ice skate*-io oedd y pilipalas yn bol fi tro yma...

Mae o jyst yn rili neis dod i nabod Lisa fel ffrind, ac os ydi hi eisiau rhywbeth mwy – BONUS.

Nes i siarad lot am *superheroes* efo Jack heddiw, a nes i feddwl pa mor cŵl fyse creu un newydd, a bod o'n dod yn enwog dros y byd i gyd. Mae bob un wedi cael ei greu gan rywun, so pam ddim fi?!

Yn cyflwyno...

ROBO-CI!!!

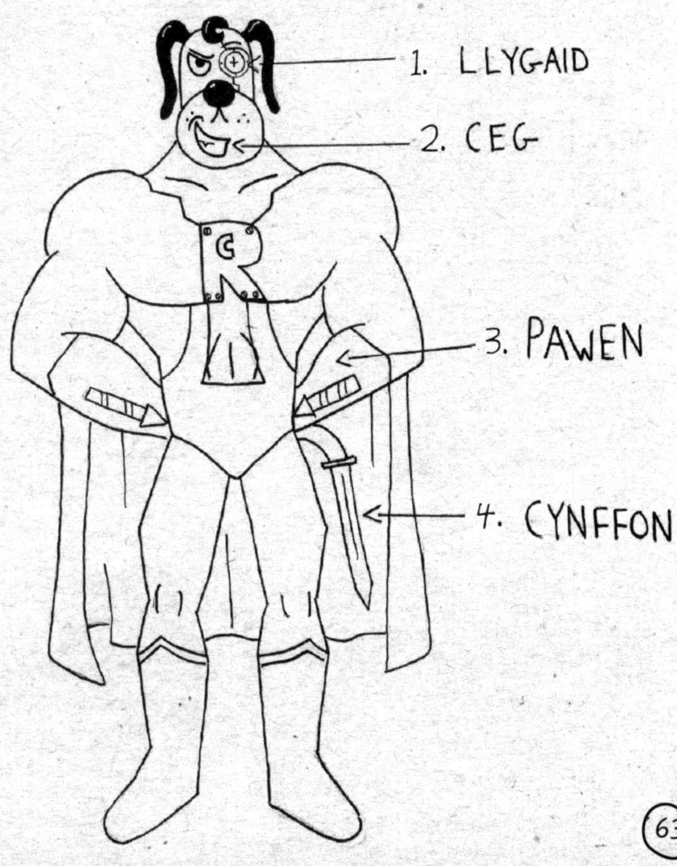

1. Llygaid laser	Saethu pobl a gwneud iddyn nhw droi'n garreg Gweld drwy waliau Gallu recordio be mae o'n weld
2. Swigod sgeri	Chwythu swigod i ddal pobol a pethau peryg fel gwn neu gyllell Gwneud iddyn nhw i gyd fflôtio i ffwrdd
3. Pawennau pwerus	Roced ar bob pawen i allu hedfan yn gyflym
4. Cynffon cleddyf	Gallu torri UNRHYW BETH

Dwi'n meddwl byse Robo-ci yn gallu siarad bob iaith yn y byd hefyd, dim jyst cyfarth. A deall iaith bob anifail a pysgod hefyd!! Dwi am drio gwneud comic Robo-ci, ond dim rŵan – dwi wedi gwneud digon am heddiw.

Dydd Sadwrn

ROBO-CI!

1.

Roedd Robo-ci yn cerdded drwy strydoedd prysur Caerdydd...

2.

BŴM! Glaniodd UFO ar ganol y stryd!

3.

Hedfanodd Robo-ci yn agos i gael gweld be oedd yn digwydd...

4.

Roedd pawb wedi dychryn!

Gwelodd aliens rhyfedd yn dod allan o'r UFO!

Saethodd y 3 cyntaf a dyma nhw'n troi mewn i garreg!

Roedd mwy yn dod!!

Chwythodd swigod mawr i'w dal nhw i gyd!

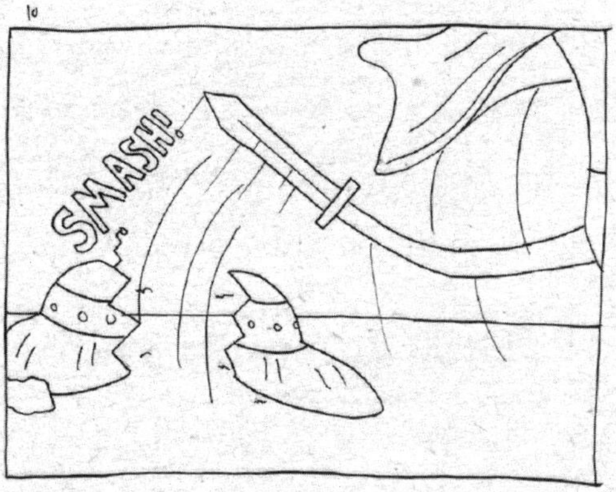

SMASH! Torrodd Robo-ci yr UFO efo ei gynffon cleddyf!

Dyma'r aliens i gyd yn codi nôl i'r gofod yn y swigod sgeri!

Nes i rili mwynhau gwneud y comic yna!! Lot haws na ysgrifennu stori hir. Dwi'n caru tynnu lluniau. Fyse fo'n *weird* tynnu llun i Lisa a rhoi o iddi hi yn yr ysgol?! Aaaa, dwi'n *obsessed*!!

Jôc

Beth oedd y dyn eira'n ei wneud yn y bocs moron?

Pigo ei drwyn!

Dydd Sul

* * * * * * *

Dwi mor *bored.* Heb wneud lot ddoe a heddiw.
Ani ac Anabel YN MYND AR NYRFS FI GYMAINT.
Am resymau rili gwahanol.

Pethau gwaethaf am Ani	Pethau gwaethaf am Anabel
Yr holl snot	Bod yn gas drwy'r amser bron
Tantryms	Bangio drysau
Gwneud llanast yn bob ystafell	Pwsho fi
Torri pethau fi	Gweiddi yn flin
Eisiau gwylio RYBISH ar y teledu	Bod yn *moody*
Obsessed efo Peppa IDIOT Pig	Dwyn y snacs gorau i gyd
Canu caneuon fel 'Baby Shark' o hyd	Gwylio rhaglenni *weird* ar Netflix
Torri ar draws O HYD	Bod yn *bossy*
Rili, rili swnllyd	Bod yn *sassy*

Bob tro dwi'n trio dweud wrth Mam neu Dad mae nhw jyst yn dweud pethau fel "Paid â hel clecs" neu "She's only little Macs, love". AARARHH!!!!

Anyway, rant drosodd. Wedi penderfynu gwneud llun i Lisa. Achos bod hi'n caru Pokemon, dwi wedi trio gwneud llun o ni'n dau'n edrych fel cardiau Pokemon.

Dwi mor nyrfys yn meddwl am roi o iddi hi!!!!! Fydda i'n methu cysgu heno – y pilipalas yn bol fi yn gwneud gymnasteg ar ben jeli.

Dydd Llun

Dwi wedi bod yn teimlo'n rili sâl drwy'r dydd. DRWY'R DYDD!! Oedd o jyst **byth** yn teimlo fel yr amser iawn i roi'r llun i Lisa. Bob tro o'n i'n dod yn agos, oedd calon fi yn dechrau mynd yn CRAZY! BWM BWM, BWM BWM! – fel bod o am neidio allan o ribs fi. Pan nes i weld hi'n cerdded at car nain hi am 3.30 oedd o fel bod fi'n gallu clywed llais yn gweiddi arna fi –

JYST GWNA FO, MACS Y BABI! RHEDA AR ÔL HI, RŴAN!!!!!

Felly nes i!!!!!! Dal yn teimlo'n sâl pan dwi'n meddwl am y peth rŵan. Ac mae calon fi wedi dechrau mynd eto!!! Be sy'n bod efo fi?! Wnaeth hi gymryd y darn papur a nes i ddweud yn sydyn "Paid edrych arno fo nes ti adref, OK? Ta ta!" cyn rhedeg i ffwrdd fel *WIMP!* Pathetic.

Dwi am wneud rhestr o bethau dwi eisiau i pen-blwydd fi, i helpu fi stopio meddwl am Lisa a'r llun Pokemon – crinj. Dydi pen-blwydd fi ddim am hiiiir, ond dim bwys.

PRESANTAU I MACS YN 11 OED

1. Nintendo Switch
2. Lot o gemau i'r Switch
3. *Sweets*
4. Telesgôp
5. Dryms
6. Gitâr
7. Beic
8. Hŵp *basket ball*
9. Mwy o *sweets*
10. *Drone*
11. *Hoverboard*
12. Gwely newydd
13. Cael addurno llofft fi
14. Voucher Roblox - £100
15. Cit newydd Lerpwl

Dwi'n gwybod bod hyn ddim am ddigwydd, ond mae'n neis breuddwydio weithiau. Gobeithio fydda i yn gyfoethog pan dwi'n oedolyn. Fydd raid i fi gael job rili da i wneud lot o arian. Nes i roi "*best paid jobs in the world*" yn Google, ond o'n i ddim rili'n deall be oedden nhw. Heblaw doctor mewn ysbyty – ond dwi ddim yn hoffi gwyddoniaeth (na gwaed). Mae Mam o hyd yn dweud...

Ac mae ganddi hi lot o luniau a placs ar y wal yn dweud pethau fel "*ALL YOU NEED IS LOVE*" a "Does Unman yn debyg i Gartref". Ym, oes Mam – DISNEYLAND!!!

Ofn gweld Lisa fory!!! HELP!

Dydd Mawrth

Wnaeth Lisa ddim edrych arna fi drwy'r dydd. O GWBWL. O'n i'n dechrau teimlo'n ypset iawn, ond jyst cyn i fi gerdded drwy'r giât dyma hi'n rhedeg ata fi a dweud mewn llais rili tawel, "Diolch am y llun, Macs. Dwi'n rili hoffi fo".

DIOLCH AM Y LLUN MACS,
DWI'N RILI HOFFI FO!!!!

Dwi ddim yn meddwl bod neb wedi gwneud i fi deimlo mor hapus â hyn. ERIOED. Wnaeth hi wenu ac edrych reit mewn i llygaid fi – A CYFFWRDD BRAICH FI AM 2.7 EILIAD. Mae hyn fel breuddwyd. Dwi am wneud poster i roi fyny ar wal llofft fi, i gofio am hyn. AM BYTH.

Dydd Mercher

Pa mor dda fyse gallu creu Y trainers PERFFAITH?! Fyse rhai fi yn edrych fel hyn...

Dwi bob tro wedi bod eisiau rhai efo olwynion ar y sowdl, ond dwi ddim yn meddwl fyswn i'n saff iawn. Nabod fi, fyswn i'n crasho'n syth mewn i wal a torri trwyn fi (sy'n ddigon fflat yn barod).

Dydd Iau

Dwi bron methu anadlu. *BEST. DAY. EVER.* Dwi jyst am sticio'r darn papur yma ges i gan LISA!!!! yn saff yn y llyfr yma...

Haia Macs,

Diolch am fod mor ffeind efo fi. Mae Mam wedi dweud ga i ddewis ffrind i ddod i'r sinema efo ni dydd Sadwrn. Wyt ti eisiau dod? Paid â poeni os ti'n brysur!

Ta ta,

Lisa

X

Waw. WAW X 1000000000000000!!!!!!

Er bod hyn mor mor MOR ecseiting, dwi hefyd yn teimlo'n OFNADWY o nyrfys hefyd. Nyrfys am ofyn i Mam a Dad a nhw'n gwneud ffys a gofyn lot o gwestiynau. Nyrfys am fynd i'r sinema a bod efo Lisa a teulu hi drwy'r dydd. A nyrfys am be fydd pawb yn dweud. Anabel... Jack a Wil... PAM YDW I'N POENI GYMAINT AM BOB DIM?! Fyswn i'n caru cael botwm ar braich fi dwi'n gallu gwasgu i stopio poeni. I stopio'r pilipalas.

Fedra i ddim dweud na wrth Lisa, er gymaint dwi'n poeni. Dim ond ffrindiau yden ni *anyway*, a does yna ddim byd yn bod ar gael ffrindiau merched.

Lisa,

Diolch yn fawr am ofyn i fi ddod i'r sinema efo ti.

~~Fyswn i'n caru dod i'r sinema~~

~~Dwi mor hapus bod ti~~

Wyt ti'n gallu dod i nôl fi plis? Dyma cyfeiriad fi –

17, Maes y Graig
Llangadfan

Faint o'r gloch? Diolch!

Macs

Fydd rhaid i fi ysgrifennu hwn eto heb y leins blêr!! Pam bod gwybod be i ysgrifennu mor anodd?! Wnaeth hi roi sws ar diwedd neges hi... falle ddylwn i roi sws hefyd. Falle fyse fo jyst yn haws siarad efo hi?!?!? Dwi am dynnu llun Botwm Stopio Poeni ar braich fi, a gwasgu fo fory cyn siarad efo hi.

Pethau sy'n gwneud i'r pilipalas yn bol fi fynd yn NYTS

- Siarad efo Lisa
- Eistedd yn agos at Lisa
- Lisa'n edrych arna fi
- Rhagbrawf eisteddfod
- Cael row
- Trio cysgu cyn trip Llangrannog
- Prawf darllen
- Prawf sillafu
- Ateb cwestiwn o flaen y dosbarth
- Mabolgampau
- Gwylio gêm bêl-droed Lerpwl a Cymru
- Gwylio unrhyw *penalties* (casau nhw)

Tybed ydi pawb yn poeni yr un faint, ond bod rhai yn gallu cuddio fo yn dda? Dwi methu dychmygu Wil yn cael pilipalas... *turtles* sy'n bol fo yn barod i ddweud helo allan o'r pen ôl! Haha!

Dydd Sul

Genna i *loads* i ysgrifennu. Dwi wedi bod rhy nyrfys / ecseited / ofn tan rŵan!! Dwi'n edrych nôl ar be sydd wedi digwydd dydd Gwener a ddoe, ac mae o'n teimlo fel ffilm. Fel bod o heb rili digwydd. Roedd dydd Gwener ychydig bach yn *crazy*, achos nes i *actually* mynd at Lisa a SIARAD EFO HI – AMSER CHWARAE!!!! Sut nes i wneud o, dwi ddim yn siŵr. Dyma be wnaeth ddigwydd:

Fi : Haia Lisa!

Lisa : O haia Macs! Ti am ddod fory?

JYST FEL YNA – YN SYTH AT Y CWESTIWN MAWR!

Wnaeth hi wneud o'n hawdd i fi, chwarae teg. Nes i ddweud wrthi hi lle o'n i'n byw, ond oedd hi'n gwybod yn barod. Roedd hi a'r teulu am nôl fi am 1 o'r gloch. A jyst fel yna, oedd o i gyd drosodd a dyma hi'n sgipio i ffwrdd at ffrindiau hi. Fel hyn o'n i'n edrych ar ôl iddi hi fynd;

O'n i methu symud am tua 5 munud!! Wnaeth Wil a Jack gweld bob dim a bod ychydig bach yn gas am y peth – ond dim byd mawr. Dwi'n siŵr bod nhw'n meddwl pa mor lwcus o'n i am GAEL MYND I SINEMA EFO LISA!! Mae Jack yn waeth na Wil – mae o'n fwy cas. Bod yn wirion mae Wil fel arfer, dim cas. Dwi wedi bod yn tŷ Jack dipyn ac mae *stepdad* o'n riiiili blin efo fo drwy'r amser. Falle mai dyna pam bod Jack yn gallu bod yn gas weithiau?

Roedd yr amser yn mynd mooooor araf bore dydd Sadwrn. Nes i ddeffro 5.37 a methu mynd nôl i gysgu. Nes i ddechrau meddwl am bethau i ofyn i Lisa, ac wedyn oedd y pilipalas *annoying* wedi deffro hefyd. Ac oedden nhw ddim am stopio bod yn *annoying* drwy'r dydd!!

Pethau cŵl i ddeud wrth Lisa

BETH YDI HOFF FFILM TI A PAM?

PA UN TI'N HOFFI FWYAF MINECRAFT NEU POKEMON?

BETH WYT TI HOFFI WNEUD PAN TI DDIM YN YR YSGOL?

Pethau i **DDIM** gwneud o flaen Lisa

- SIARAD AM PW
- FFARTIO
- BYRPIO
- MYND YN GOCH FEL TOMATO
- MYMBLO GEIRIAU AC ACTIO'N NYRFYS
- PIGO TRWYN
- RHOI LLAW YN TRÔNS
- CNOI GWINEDD
- BWYTA EFO CEG AR AGOR

O'n i mooooor *stressed* a oedd hi ddim *even* yn amser brecwast eto!!!

Fast forward i'r car yn stopio wrth y tŷ. Mae Mam yn ffrindiau efo Mam Lisa, sy'n neis ond hefyd yn crinj. Roedd hi'n trio actio'n normal, ond dydi Mam ddim yn gallu cuddio pan mae hi'n ecseited. Wnaeth hi *even* gofyn os fyse hi'n cael tynnu llun o fi a Lisa cyn i ni fynd. YM... *NO WAY*, MAM!!!!!! *Back off!*

A ddim jyst Mam oedd yn boen. Roedd Dad yn actio'n rili *weird* – fel bod o'n prowd iawn ond ychydig yn drist hefyd? Wedyn oedd Anabel jyst yn weindio fi fyny yn gwneud synau swsys a dweud pethau fel "O Lisa, ti moooor *stunning*... Dwi'n caru ti Lisa, mmmm". Nes i daflu afal ati hi – YN GALED. Wnaeth o hitio hi reit yn y trwyn! Shot!

Nes i redeg at y car cyn i neb gael dilyn fi, neidio mewn a gweiddi TATA yn ofnadwy o uchel. Roedd bob dim yn OK wedyn. Mae'n anodd disgrifio'r peth, ond oedd o jyst yn teimlo'n hawdd. Mae Mam a Dad hi'n rili neis ac yn siarad *loads*, so o'n i ddim yn teimlo'n *awkward* o gwbwl. Roedd brawd bach hi, Tom, yn eistedd rhwng fi a Lisa, ac mae o mor ciwt a ffyni. Wnaeth o ddim stopio chwarae efo teganau Octonots fo yr HOLL ffordd, oedd yn gwneud i fi a Lisa chwerthin lot.

Mae llaw fi'n brifo so dwi am orfod stopio ysgrifennu. Ond i symio pethau fyny...

CWMNI	-	10/10
BWYD	-	2/10*
FFILM	-	10/10
AWKWARDNESS	-	0/10

DWI MOR HAPUS DWI'N TEIMLO FEL BOD FI'N NOFIO AR GWMWL MAWR YN YR AWYR!!! Nos da x

*na i sôn am y bwyd fory

Dydd Llun

Nes i addo sôn am y bwyd ar fy *hot date*! Haha. Roedd o'n DIS – GUS – TING. Bai Lisa oedd o, ond dwi ddim yn flin o gwbwl (achos mae hi'n lot rhy neis i fi fod yn flin efo hi). Roedd hi'n meddwl byse fo'n hwyl i ni ddewis yr un peth o'r *menu*. O'n i ychydig bach yn nyrfys am hyn, ond oedd hi'n edrych mor ecseited.

Dyma hi'n dewis pitsa efo enw rili hir. Dwi'n caru pitsa so o'n i ddim yn poeni gormod. TAN WNAETH O GYRRAEDD Y BWRDD. Roedd o'n llawn *toppings* afiach. Rhai pethau o'n i'n gwybod be oedden nhw, fel pupur a *mushrooms* (a dwi ddim yn hoffi pupur na *mushrooms*). Ond oedd yna bethau o'n i ddim *even* yn gwybod be oedden nhw, ac oedd o'n drewi fel pysgod hen. Dwi'n teimlo'n sic jyst yn meddwl am y peth.

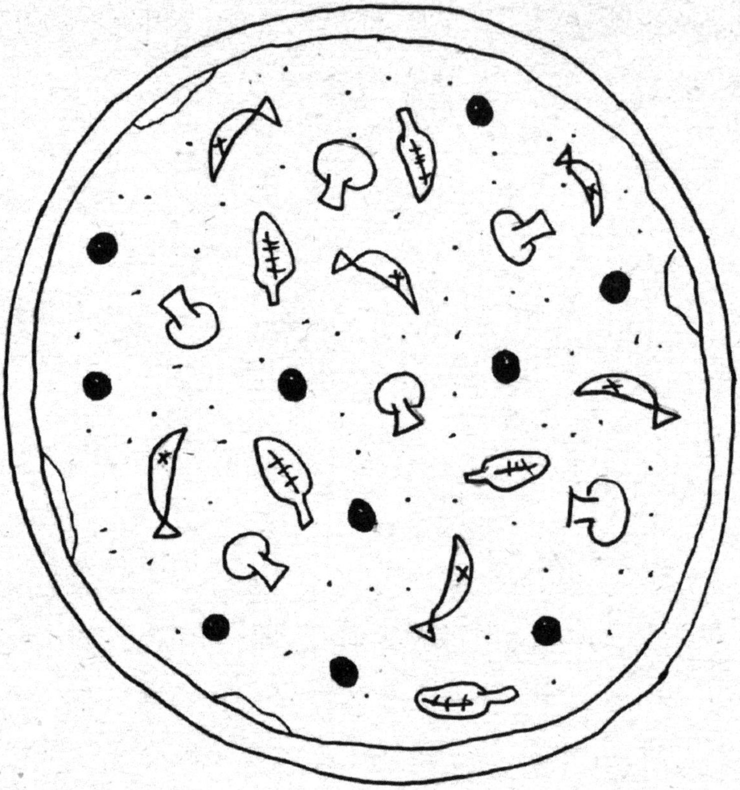

Nes i fwyta hanner y pitsa, dwi ddim yn gwybod sut. Nes i even dweud pa mor neis oedd o wrth Lisa, a Mam a Dad hi. Bob tro o'n i'n llyncu darn, oedd o fel bod bol fi eisiau i fi fod yn sic ac yn trio pwsho fo nôl fyny. Roedd rhaid llyncu yn galed iawn yn y diwedd. Dwi byth yn gadael i neb ordro bwyd i fi byth BYTH eto. Dim Lisa, hyd yn oed. Ges i byrps ofnadwy drwy'r ffilm. Efo un byrp, ges i ychydig bach o sic poeth yn y ceg. 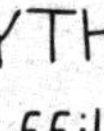

Dwi ddim am adael pitsa mwyaf *horrible* y byd i sbwylio pethau ddo. Un o diwrnodau gorau bywyd fi.

O NA – TUDALEN OLAF Y LLYFR!!!!!

Dwi'n caru'r teimlad o gael llyfr sgrap llawn, OND, be dwi fod i wneud efo hwn rŵan?!

OPSIYNAU

- Taflu'r llyfr yn y tân
- Gwneud twll yn yr ardd a claddu'r llyfr
- Rhoi'r llyfr mewn bag bin a gwagio holl bins y tŷ ar ei ben
- Mynd â fo i'r bath efo fi nes bod yr inc a'r tudalennau'n troi'n slwj
- Trio ei fflysho lawr y toiled fesul tudalen
- Ei daflu allan o ffenest y car

Na. No way! Fydd raid i fi jyst cuddio'r llyfr yn fy ystafell – rhywle SAFF fydd na NEB BYTH yn ffeindio fo. Dwi'n meddwl fyswn i'n hoffi darllen hwn pan dwi'n oedolyn.

Neges i Macs oedolyn gan Macs 10 oed:

Helô! Gobeithio bod ti'n hapus ac yn gwneud digon o arian i allu llenwi troli siopa i'r top bob wythnos. Os wyt ti wedi priodi Lisa – DA IAWN TI! Dwi hefyd yn gobeithio bod y pilipalas wedi cŵlio lawr, rŵan bod ti'n hen.

AAAA!!! Dwi am ofyn i Mam am lyfr sgrap newydd...

Tan y llyfr nesa – ta-ta!

Macs Sion x